KB268580

1960년 해남 고천암 출생. 2003년 『시와사람』 등단. 〈진진시〉, 〈늘푸른 아카시아〉 동인, 작가회의 회원.

 천년의詩 030

구리종이 있는 학교

찍은날 ㅣ 2010년 2월 22일
펴낸날 ㅣ 2010년 2월 28일

지은이 ㅣ 김민휴
펴낸이 ㅣ 김태석
펴낸곳 ㅣ (주)천년의시작
등록번호 ㅣ 제300-2006-9호
등록일자 ㅣ 2006년 1월 10일

주소 ㅣ (우110-034) 서울시 종로구 창성동 158-2 2층
전화 ㅣ 02-723-8668
팩스 ㅣ 02-723-8630
홈페이지 ㅣ www.poempoem.com
전자우편 ㅣ poemsijak@hanmail.net

ⓒ김민휴, 2010. printed in Seoul, Korea

ISBN 978-89-6021-118-6 04810
　　　978-89-6021-105-6 (세트)

값 10,000원

＊이 책 내용의 전부 또는 일부를 재사용하려면
　반드시 저작권자와 (주)천년의시작 양측의 동의를 받아야 합니다.

구리종이 있는 학교

천년의詩

030

김민휴 시집

2010

사랑하지 못한 하루보다 불행한 날은 없다
사랑받지 못한 해질 무렵만큼 슬픈 순간은 없다
세상의 날들 하루하루가
사랑을 잃은 뒤 다가오는 두렵고 상한 밤 같은 것일지라도
사랑을 해야 가슴이 뻐근해지는 것이니
사랑을 해야 온 몸의 세포와 뼈마디가 곤두서는 것이니
온 정신의 피톨이 불콰하게 살아 아우성 하는 것이니
살아서 사랑해야겠다
저 넉넉한 떡갈나무에게, 은행나무에게, 이팝나무에게
그리운 돌양지꽃에게, 알록제비꽃에게, 코딱지풀 꽃에게
호모 사피엔스에게
변함없이 사랑한다고 말해야겠다
사랑한다.
말을 하지 못하는 것만큼 큰 거짓말은 없는 것이니
****
이제 반듯한 집을 지어 세상에 나가는
사랑스런 나의 시들에게 축하한다는 말을 꼭 하고 싶다
부디 행복하고 많은 사랑을 받기를 기원한다

■ 차 례

봄

1

새벽 숲

나무들이 한꺼번에 우르르 목욕탕에서 나와 물기를 닦고 있네요

산죽나무 푸른 머리카락에서 물방울이 또르르 흘러내리네요

생강나무 겨드랑이에 난 노란 털은 촉촉하게 젖어 있구요

산벗나무 온몸에 마구 돋은 꽃젖 끝에 맺힌 은방울들이 반짝여요

시간이 새벽 목욕을 하고 숲으로 나와 물기를 말리고 있어요

때죽나무들은 매끄러운 허벅지에 올리브유를 바르나 봐요

키 큰 떡갈나무 가지 사이 하늘 위에서 누군가 훔쳐보고 있군요

바람이 나무들 탱글탱글한 맨몸 사이로 휘파람을 불며 걸어가요

花國

온 세상에 꽃 핏물 가득하다

퉁퉁 부은 백목련꽃
젖가슴에 흰 피,
진달래꽃 버짐 핀
온 산 허벅지에 분홍 피,
봄의 정령 개나리꽃
긴 허리에 울렁이는 노란 피,
한적한 들길을 걸으면
처음 화장을 한 듯한 제비꽃들
수줍은 유두에서 솟구치는 자줏빛 피

장미담장을 끼고 누가
출렁출렁
연분홍 波紋을 일으키며 외출하고 있다
치렁한 생머리를 늘어뜨린
넝쿨장미의
빨간 몽울이 아프다

花國의 해는 길어지고

온 세상에 꽃 핏물 가득하다

고인돌과 벚꽃

수만리 고인돌 묘지엔
해마다 같은 날
벚꽃들이 한꺼번에 흰 불로 타오르네

수만리 멀고 먼 옛날
허리춤에 부싯돌 매달고 다니던,
마고할미의 품에 안겨
풀과 나무와 바람과 흙의 정령이 된
청동시대 청년들

처녀들 데리고 나와
벚나무 가지 끝마다 창문을 내네
창문에 나와
일제히 부싯돌 불 켜네
반짝이네

곁에서 지켜보던 처녀들
흰 웃음소리 저렇게 시끄럽네

가지 끝마다 창문 열어 재낀 벚나무

부싯돌 불,
흰 웃음소리
타오르다 벚꽃 구름 되네

수만리, 아주 오래 된 청동시대 마을!

떡갈나무의 봄

떡갈나무가 봄이 왔다고 하면
이건 봄이 온 거다

구청장이 천구백팔십이 년에
삼백이십 살이라고 했으니
올해 삼백마흔일곱 살인 우리 동네 떡갈나무가
삼백마흔여섯 번이나
왔다 간 봄을 똑똑히 기억하는 떡갈나무가
봄이 왔다고 하면
이건 봄이 온 것이다

비록 지금은 동서남북으로
남양아파트 삼성아파트 주공아파트에 둘러싸여
들판마을 한 가운데 우람하게 떠억 서 있던 때만 못하지
만
구청장이 구나무로 지정하셨고
잘못 모시면 큰일 난다고 주의 주셨고
우리 동네에서 가장 나이 많은
떡갈나무가 봄이 왔다고 하면
이건 진짜 봄이 온 거다

떡갈나무 가지 끝마다
대지의 젖물을 불러 유두모양 내밀어놓은
저 연둣빛 상형문자들을 읽어보라

봄봄봄 봄봄봄 봄!

낮은 꽃

언덕배기 마른 잔디밭에 목련나무가 서 있다
한 그루 하얀 꽃다발,
흰 구름으로 화르르 날아오른다

한 떼의 처녀애들 몰려와
꽃 이파리 만지며 까르르 웃어댄다
목련꽃도 하얀 이 들어내며 웃어댄다

터질 듯한 엉덩이 잔디밭에 문지르며
김밥을 나누어 먹은 뒤
처녀애들은 사진을 찍는다, 따끈한 사진 속
흰 꽃다발과 해맑은 얼굴들 뒤범벅되어 웃어댄다

손수건을 개켜 들고 아가씨들 떠난 자리
키 작은 노란 민들레꽃들
도란도란 햇빛 알갱이 점심 먹고 있다

꽃샘바람 한 줄기 휘청 나무 가지 위에 앉는다
파랑새처럼 날아간다
꽃 이파리 하나 수직으로 추락한다

깜짝 놀란 민들레꽃들, 조그만 얼굴로
목련꽃 이파리 곱게 받아준다, 상처 하나 없이!

민들레 살리기

저 정원사는 귀가 없다
듣지 못한다
제초액 가득 담은 분무기 등에 지고
넓은 잔디밭 뚜벅뚜벅 걷는다

저 정원사는 벽창호다
막무가내다
크랭크축 같은 왼팔로 펌프질하며
닥치는 대로 제초액을
민들레꽃 노란 얼굴에 마구 뿌린다

민들레가 잘못한 게 무엇인가
봄이 왔다고 세상에 알렸기 때문인가
세상을 너무 아름답게 만들고 있기 때문인가

저 정원사는 소통불능이다
풀과 나무와 숲과, 시냇물과 솔바람과
대화하지 않는다
민들레꽃 말 듣지 못한다

민들레를 독살하지 말라!
이웃에게 사랑과 자비를!

저 인간은 아랑곳하지 않는다

4월

510동과 511동 사이 통로에는 바람이 산다
비발디의 겨울을 닮은 바람이다
봄이 되면 늘 감기에 걸리는지
아니면 알레르기성 기관지염을 앓는지
유독 햇빛이 화사한 날이면 심한 기침을 한다
                    .

나는 510동 201호 베란다에서 빠끔히 내다보면서
그가 기침을 하지 않을 때
510동과 511동 사이 통로를 얼른 지나가리라 궁리를 한다
오늘은 어쩌면 운수 대통한 날이 되리라
그동안 내가 궁리해 터득한 전략으로
그 지뢰밭 통로를 상처 하나 없이 통과하리라

나는 510동 우리 집에서 나와 최적기에 통로를 지난다
그 때 느닷없이 맞는 뒤통수란!
어떻게 알았는지
나의 예민한 목덜미와 풍문에 대고
그는 쿡쿡 기침을 한다
갑자기 그의 입에서 날카로운 얼음바늘들이 수도 없이 쏟
아져 나와

내 녹덜미에 박힌다
101호 앞 목련꽃에도 박힌 모양이다
목련꽃 이파리들이 비틀거리다 우수수 떨어진다
주워 담으면 족히 한 바구니는 될 것 같다

어제 저녁 무렵에는 내가 무엇하러 갔다 오는 길이었는지
아파트 입구를 들어서는데
잘잘한 별사탕 같은 노란 개나리들이
콜록콜록콜록 콜록콜록콜록
어찌나 기침을 해대는지 나는 하마터면 그 자리에 주저앉
아버릴 뻔했다

외출해야겠다
나는 모처럼 저 바람을 피할 수 있을지도 모른다
설사 저 응큼한 바람이 그대로 내 폐에 박히면 이띠리
시원한 조기 매운탕 속의 청양고추 맛일지도 모르니

510동과 511동 사이엔 또 누가 사는 모양이다
통로를 통과하고 안도의 숨을 쉬며 눈을 막 돌리려는 순
간

노란 원피스 하나가
어찌 그렇게 걸음을 또박또박 걸을 수 있는 건지,
그런 걸음으로 걷고 있다
그녀도 외출을 하는 모양이다
나는 얼른 고개를 들어 피하고 싶다
510동 20층 꼭대기에서 511동 꼭대기로 한 점 구름이 건
너뛰고 있다
아찔하다

떨어진 목련꽃 사이로 햇볕을 쬐다
제비꽃들이 코올록 기침을 한다
그녀가 제비꽃 기침 소리를 듣더니 코올록 기침을 한다

그 순간, 내 가슴에서 무수한 기침들이
놀란 박쥐들처럼 목구멍을 타고 날아오르더니
콜록 콜록 콜록 콜록 콜록 콜록 콜록 콜록
입 밖으로 빠져나가는 것이다
아이들의 공격을 받고 일제히 날개를 돌리며 날아오르는
땅벌 떼처럼 그렇게
콜록 콜록 콜록 콜록 콜록 콜록 콜록 콜록

기침이 내 몸에서 빠져나가는 것이다
기침을 하면서, 연분홍 봄날은 가는 것이다

어린 떡갈나무 잎

밤참 먹고 나서
아파트 단지 한 바퀴 슬슬 돌고 난 봄 달
곰곰이 내려다본다

하많은 나비들
어디서 왔나
떡갈나무 가지 끝마다 조롱조롱,
밤새 봄바람 못살게 굴려나

떡갈나무 동네에 언제 아침 오나
밤 새워 궁금한 해
가만히 산 넘어 내다본다

하많은 참새들
어디서 울력 나왔나
떡갈나무 손끝마다 파닥파닥,
하, 조것들
세상 다 초록 물 들여놓으면 어떻게 하나

찔레꽃 1

찔레꽃 피었습니다

우리 누나 시집가서 안 오고
우리 어머니 저승 가서 안 오고

중산 고추밭 가

고추꽃같이 흰 찔레꽃만
또 피었습니다

찔레꽃 2

찔레꽃 피면
너, 와 줄래?

꽃 진 것처럼 간 너
꽃 핀 것처럼 와 줄래?

혹시 못 오면
찔레꽃 지도록 못 오면

찔레꽃 향기처럼
잊혀지지 않을래?

오래 오래 남을래?

찔레꽃 3

멀지도 않은 아주 가까운 옛날에
찔레꽃 가득한 어느 섬마을이 있었대요
해당화 꽃도 참 많았지만
찔레꽃이 으뜸으로 많았지요
해마다 사월이 되면
찔레꽃 나무 없는 곳만 빼놓고
누가 흰 찔레꽃 튀밥을 뿌려놓은 것같이
마을이 온통 허옇게 됐대요
찔레꽃 향기가 흩날리기 시작하면
누가 비싼 향수를 엎질러 놓은 것같이
그 조그맣고 예쁜 섬마을,
모래밭, 갯바위, 푸른 낭떠러지가 있는
도대체 이 세상 어디에 그런 곳이 있는지 궁금한
그 섬 마을에 찔레꽃 향기가 가득했대요
글쎄 그런데 이 아름다운 섬마을에
찔레꽃만 허옇게 피면
찔레꽃 향기가 그윽해지기만 하면
처녀 총각들이 다 바람이 났었대요

생일파티

생일파티 하러 모두 야외로 나갔다
넓은 초록 돗자리가 펼쳐져 있었다
연초록 잔디 위로 미풍이 살금거렸다
듬성듬성, 이팝나무에 허옇게 쌀밥이 피어났다
새들이 이팝나무 가지를 옮겨 다니며
숭얼숭얼 맺힌 이팝나무 꽃쌀밥
입속 가득 따 넣고 휘파람을 불었다

헐렁한 반팔셔츠를 걸친 남자가
장애아들을 데리고 돗자리에 들어와
배드민턴을 쳤다
맑은 하늘을 흐르던 토끼구름이
돗자리에 초록 똥을 떨어뜨렸다
군데군데 토끼풀이 자라나 숲이 되었다
아이가 다리를 절며 배드민턴공을 따라
토끼풀 숲으로 사라졌다

고무 슬리퍼를 신은 여자가
꼬맹이 아들과 함께 돗자리 안에 들어와
축구공 놀이를 했다

발로 공을 차는 시간보다
손으로 들고 달리는 시간이 많았다
화가 난 축구공이 잔디밭 밖으로 나가버렸다
아이와 홀어미도 공을 따라 나가버렸다

초록 토끼풀 숲마다
생일축하 불이 하얗게 타올랐다
참을 수 없이 평화로웠다, 눈 깜박할 사이
케이크를 둘러싼 생일축하 노래를
카메라가 삼켜버렸다, 뜬금없는 여우비가
초록 잔디풀이 가득한 돗자리를 개켜버렸다
까르르 웃어대는 케이크를 남겨놓고
모두 돗자리 밖으로 멀리뛰기를 했다

제비꽃

한적한 숲길을 가다가
알록제비꽃들을 만났습니다

너희들 나 따라 광주 갈까?
우리 집에 갈까?

아저씨 집이 어딘데요?
광주가 어딘데요?
자주색 제비꽃 한 놈이 대꾸해줍니다

우리집은 도시야
차도 많고 빌딩도 많고 사람들도 많아
우리 가자
백화점에 가서 예쁜 화분도 사 주고
아파트 발코니에 유리창이 커다란 너희들 방도 따로 줄게
나는 제비꽃들을 꼬드겨봅니다

그럼 아저씨가 사는 도시엔 솔바람도 있어요?
아침이슬도 있어요?
같이 있던 놈들이 물어봅니다

에어컨도 있고 정수기도 있으니 걱정할 거 없어
발코니 창가에서
낮엔 햇볕을 쪼이고 밤엔 휘황한 야경을 봐
너무 좋아할 걸?

그럼 아저씨 동네엔 깜깜한 밤은 없나요?
우린 깜깜한 밤엔 함께 얘기를 해요
달님하고 하기도 하고 별님하고 하기도 해요
별님들은 얘기하다 깜빡깜빡 졸기도 하지요

그런데 아저씬 왜 기침을 하셔요?
앙증맞게 생긴 놈이 걱정스레 묻습니다

으응, 감기가 조금 걸려서
너희들도 감기 걸릴 때 있잖아

하지만 가슴이 뜨끔해졌습니다
나는 기관지염으로 봄부터 내내 기침을 해대고 있었으니
까요

차를 몰고 시내에서 큰 버스나 트럭을 뒤따라 가며
무수히 해대는 기침으로 자지러질 뻔 했으니까요
옛날 들꽃들이 많은 솔숲 동네서 살았을 때는
이렇게 기침을 해대지 않았었으니까요

나는 오늘 한적한 숲 속에서
자주색 알록제비꽃들과 한나절을 놀다
광주로 되돌아오고 있습니다
홀로 오고 있습니다

청봉공원

새벽 숲이 황홀하다, 청봉공원 귀 헐어 세운
청봉고등학교 교실
유리창마다 다투어 불 켜진다

청봉공원이 거기 있는지 누가 눈 여겨 보기나 하랴
청봉고등학교 드나드는 후문에서
노란 민들레꽃들 앞세우고 몇 발짝만 걸으면
누구든 이미 청봉공원 숲길 걷게 되지만

청봉공원에 가면 푸조나무, 서어나무
떡갈나무, 낙우송, 물푸레나무 가득한 숲이 있다
이끼 긴 나무 의자에는
가을바람 앉았던 자국이 있다
떡갈나무 가지엔 푸른 새 울음소리 물든
즐거운 떡갈나무 이파리들
귀 기울이던 나무들 나이테 틈에서 뻐꾸기 소리가 난다

처음엔 제비꽃 한두 개 보이다,
한두 군데 보이다, 지천으로 자라난 자줏빛 제비꽃들
노란 민들레꽃 한두 개 보이다가,

여기저기 보이다가,
보는 곳마다 민들레꽃 천지

청봉공원 온갖 나무란 나무에
연둣빛 새잎 나면 뭘 하나
이팝나무에 흰 꽃쌀밥 빼곡하면 뭘 하나
자줏빛 제비꽃들, 노란 민들레꽃들
봄이 왔다고 아우성이면 뭘 하나
빈 의자 누가 와서 앉아주길 기다리면 뭘 하나

청봉공원 숲으로 가는 길, 민들레꽃 길
문학소녀 하나 새침한 걸음으로 느릿느릿 걷지 않는 길
떡갈나무 그늘 아래 편지 읽는 소녀 하나 없는 공원
점심 먹고 몰려와 재잘재잘 떠들다
수업 종소리에 화들짝 놀라 뛰어가는 소녀 애들 몇조차
없는
홀로 아름다운 청봉공원

점심시간 청봉고등학교 학생부 선생님 서 있는 문에서
엎드리면 코 닿는 곳

이따금 어떤 학생이 복도에 나와 내려다보고 사라질 뿐,
보도블록 사이로 일제히 나온 민들레꽃 따라
몇 걸음 걸으면 누구든 숲의 문 열어주는 청봉공원
텅 비어 있다

제비꽃, 민들레꽃, 벌레소리, 나무들 다 잠든 뒤
버스 끊긴 자정 무렵 청봉고등학교 교실마다 불 꺼진다
아이들 썰물 빠져 나간다

죽은 전남대사대부고 앞 나무들에게

너희들이 너희들 생명 천년 살려온 것
천년 전 아이들과 어린 시절 보내고, 그 후로도 천년
아이들 푸른 영토 되어주고
허리에 새끼줄 동여매고 마을 무병장수, 평화 빌어준 것
흐르는 사람들 마음 닿는 항구 되어준 것
언제부턴가, 엄청 학문 많이 한 지성들, 엄청
공부 잘하는 헛똑똑이들 길러내는 대학 울안에서 풍월 읊
은 것
알아, 앞으로도 천년 더 살 수 있을 나무들아

배은망덕으로 되갚아 준 것, 미안하다
천년 살아온 너희들, 무시무시한 전기톱으로
한 개씩 베어내는 데는 채 십분도 걸리지 않았어
머지않아 연둣빛 어린 잎 고물고물, 파릇파릇 흔들어댈 숲
가을이면 단풍붓 휘둘러 푸른 하늘 색색으로 칠해 놓을 숲
송두리째 사라지고
포크레인에 뿌리까지 뽑혀 흔적 없이 사라지는 데는
일촌광음도 걸리지 않았어

미안하다 나무들아, 꼭두새벽부터

버스 끊긴 한밤중까지 교실에 아이들 가두어 놓고
한 놈이라도 너희들에게 한눈팔까, 숨죽인 복종 깨뜨릴까
감시하느라, 벌주느라 까맣게 모르다가
어느 일요일 딸애와 나와 휑한 하늘 보고
충격 받은 일, 미안하다
정말 막막하도록 미안하다

이제 너희들 가고 없는 자리에
초현대식 국립치과대학병원이 들어선다더라
물론 치과병원도 있어야겠지……
내 이가 아프지 않아 일없길 두 손 모아 빌지만
너희들 죽음신 소리 가득한 그 병원을 찾아
아픈 이 치료하고 걸어 나올 내가 두렵다
미안하다, 정말 깜깜하도록
죽은 은행나무야, 미루나무야, 마로니에야, 플라타너스
야!

그 시간은 불안이다

병풍바위, 석봉, 토봉, 천황봉 바람이 맑다
이 도시 오월은 평화로워 산 속 호수 같다
전망대에 올라가 내려다보면
공기 속이 다 들여다보인다
은행나무, 이팝나무, 메타세콰이어, 단풍나무가
물 밑의 수초들처럼 하늘거린다

나무수초들 사이를 유영하는 쉬리 떼 바람,
나는 히니의 '한 자연주의자의 죽음'을 읽다가
뜬금없이 행간을 파고드는 날카로운 소리를 듣는다
그 시간인 것이다, 교통경찰의
호루라기 소리라는 걸 알지만 가위눌린다

호루라기 소리가 또 공기를 예리하게 찌른다
느닷없이 당신 옆구리 살이
누가 생선회 칼로 푹 찌르자 경련을 일으키듯
공기가 심한 경련을 일으키며 머리통을 조인다
온 몸 세포들이 밖으로 뛰쳐나간다
오월, 광주의 화창한 시간은 아직도 불안이다

코딱지풀 꽃

야, 이 씨벌 것들아
니들도 목숨이라고
끼대나왔냐
쌍판떼기 내밀었냐
예이, 같잖은 것들 모두
확 쓸어버리기 전에
안 기어들어가냐
무지랭이 같은 것들
콱, 그냥

왜, 꼽냐
이 씨이벌 놈들아
내 땅에
손발 뻗고
몸 붙이겠다는데
뭐 보태준 것 있냐
개 좆밥 새끼들아

여름

II

숨

한 남자가 한 여자 입 속에 숨을 넣어주고 있다
한 여자가 입 속에 넣어준 숨을 받아먹는다
한 여자가 한 남자의 입 속에 숨을 넣어주고 있다
한 방울이라도 새어나갈까 힘주어 입술을 붙이고
혀로 깊이 밀어 넣어주고 있다
한 남자가 숨방울을 들기지나 않을까 젖 먹던 힘으로
한 여자의 숨을 빨아먹고 있다
한 쌍의 연인이 숨을 나누어 먹고 있다
조심조심 해주다가 정지된 삼라만상의 시간
그들의 살갗 숨구멍에서 생의 꽃이
무량대수, 불가사의로 빨간 먼지처럼 피어난다

목련잎

목련꽃이 여름에 피지 않는 것은 제 분수를 알기 때문이다
자라처럼, 온갖 의심을 품은 얼굴로
살짝살짝 머리를 내미는 목련꽃 하얀 대가리를 생각해
보라
그 얌체 같은 하얀 목련꽃 대가리를 애지중지하는라
차마 조심조심 살랑이는 봄바람을 기억해보라
속잎을 벌릴 듯 말 듯 벌리는 목련꽃이 하는 짓을 보느라
하루 종일 얼굴 한 번 찡그리지 못한 봄 햇살을 생각해보라

소낙비가 한바탕 몰려와 우당탕 내리치고 갔다고 셈해보라
태풍이 몰아치고 때리고 작살내고 지나갔다고 생각해보라
목련꽃 대가리 한 개라도 남아 있었겠는가
목련꽃 흰 배추잎 같은 이파리 한 개나 남아 있었겠는가
꽃샘 한 번 가볍게 한 것뿐인데 깨잘깨잘, 꼬질꼬질한 모
양이란!
그 모양이니깐 목련꽃은 날 좋은 봄날에나 나와서
시인이나 화가들 맘을 꼴리게 하고 사라지는 것이다

밤이라도 좋다. 지금 당장 가서 초록 목련잎을 보라

꽃 지고 나면 누구도 관심을 갖지 않는 목련나무에게로
가보라
  싱싱한 초록 몸으로 미풍을 간질간질거리다가
  태풍이 불면 수백 번 수천 번 엎어졌다가 오똑 서는 초록
목련잎들
  폭우 속 요란한 양철지붕 빗소리 바람소리와 어울려
  앙상블을 연주하는 저 초록 목련잎들, 빗속의 악사들
  그래서 폭염폭풍 징글징글한 여름에 저리 맘 놓고 무성한
거다

장미문양을 한 양산

장미문양을 한 양산을 보면
내 숨은 멎네

장미문양을 한 양산 하나가
맞은 편 공단수퍼 앞 정류장에 내려
출렁출렁 길을 건너오면
내 피는 더워지네

장미문양을 한 양산을 쓰고
깡총깡총 그 여자가
우리 회사 정문으로 걸어오고 있을 즘에는
정문 왼쪽에 살짝 비켜서서
누군가가 버린 담배꽁초를
이리 살짝 차고 저리 살짝 차고 있을 즘에는
내 피는 더워지네

5월 맑은 날, 붉은 동백꽃 같은 날
장미문양을 한 양산을 쓰고
그 여자가
우리 회사 정문에서 나를 기다리면

내 숨은 불붙네, 타네

불볕

백일홍 꽃잎이 빛 모래알을
힘겹게 이고 있다, 그늘 밑 강아지풀
목이 타들어간다

아스팔트에 뒹굴며 마르다가 쩍 갈라지는
언저리 털까지 뭉그러진 거죽,
저건 빛폭탄을 맞은 도둑고양이다

볼따구니에 먼지투성이 화물차 한 대
종잇장이 다 된 거죽 위에 검은 똥을!
갈기고 달아난다

수박을 매단 나일론 줄이
여자의 손바닥을 집요하게 파고든다
순댓집에서 나온 스쿠터 한 대
순대 속 골목을 질주한다

느닷없이 엄습하는 정적 살벌하다
구멍마다 식은땀 스멀스멀 기어 나온다

놓는다

마당가 감나무 가지에 엎드려
긴 울음 악물고 있던 매미 한 마리
소리를 놓는다

평 온 하 다

고추잠자리 한 마리
소리쟁이 꼭대기 꼭 잡고 있다
손을 놓는다

자 유 롭 다

산길을 홀로 걷는다
검뎅이돌로 가슴에 앉은 人跡
문득 놓는다

스 르 르 사 라 진 다

兒夢, 꿈꾸다

요즈음 兒夢에게 집 근처 호수공원을 배회하는 습관이 생
겼다
참혹하게 언 하늘을
솔개 한 마리가 외롭게 선회하며 먹이를 찾듯
兒夢은 호수공원을 어슬렁거리며
화장 냄새를 풍기며 조깅을 하는 처녀들이나
배드민턴을 치며 간혹 허연 허리 살을 내보이는
처녀들 엉덩이를 훔쳐 그의 뇌에 담곤 한다

호수공원 공중화장실에 들어가
담배 한 대를 피우며 일을 보고 나오다
꽁초를 쓰레기통에 버리고 막 고개를 돌릴 때
兒夢의 렌즈에 사냥감이 포착되었다
순간, 렌즈는 정지되었다
렌즈를 뚫고 나온 화살은 그녀를 명중했다
兒夢은 포획된 그녀를 뇌 깊이, 철근 우리에 가둔다

兒夢은 그녀를 해부한다
세포 하나하나 엉킴 없이 낱낱이 나누고
피는 피대로 살은 살대로 뼈는 뼈대로

일일이 만져보고 들여다보고 냄새 맡아보고
산소같이 신선한 세포만 남기고
낡고 썩은 세포들은 버린다
그는 아주 피곤하다

몸과 얼굴, 눈과 코와 입술과 귀
손끝 발끝 하나하나 외모를 나눈다
키는 이미 그가 원하는 대로 선택해서 사냥했으니 걱정
없다
한동안 兒夢은 나누어진 신체의 부분 부분을
최고의 미모로 구성하는 작업을 한다
발의 생김새
다리와 허벅지선
엉덩이와 허리의 깊이
유방의 골
특히 그는 목선에 심혈을 기울인다
그는 아주 피곤하다

이제 얼굴 차례이다
먼저 전체적인 윤곽을 누구 모양으로 할까

兒夢은 오래된 장롱에 깊숙이 감추어 놓은 비밀을 꺼내듯
그의 뇌에 간직해 두었던 이미지를 꺼내 놓는다
하지만 이내 만족하지 못하고 새로운 이미지를 만들기로
한다
아주 피곤하다

눈, 코, 입술, 귀
쉽게 끝나지 않을 작업인 것 같다
어쨌든 兒夢은 그 동안 살아오면서 보아온 여자들
그것도 그들의 신체 부위 중에서 가장 완벽한 부분들을
복원해 내려 안간힘을 쓰면서
눈, 코, 입술, 귀볼
치아, 콧구멍, 하나하나
먼저 완전한 개체를 만든다
완성미의 극치를 위해!
이제 낱낱이 준비된 개체를 조립한다
兒夢은 아주 피곤하다
조금 더 휴식을 갖기로 한다
요즈음 피로가 누적된 것 같다

兒夢은 하다가 만 작업을 계속한다
만족스럽지 못하지만 그런 대로 괜찮다
이제 피부는 흰색으로 좀 창백한 느낌이 들게
땀구멍은 작고
특히 입술은 아이스크림처럼 부드럽고 촉촉하게,
휴우! 이제 그가 누구를 사랑해야 할지 결정되었다
이제 兒夢은 사랑할 대상을 찾았다
거의 완벽한 대상이다.
얼마 동안이나 이 일에 매달려 왔던가
피곤하다 한 숨 자야겠다
이제 兒夢은 항상 꿈꾸어 왔던 진정한 사랑을 하며 살 수
있을 것 같다
몹시 피곤하다, 그는 잔다

이른 아침이다
뇌 속에서 아직 자고 있는 그녀를 흔들어 깨운 兒夢,
생긋 웃으면서 그에게 아침 인사를 하는 여자의 입술 끝
을 본 순간
또 다시 깊은 고뇌에 빠진다

....

어느새 兒夢의 뇌는 다시 여자를 해체하기 시작한다

지리산

번뇌의 불 꺼진
고요한 마음
무량히 모였다

태어나서
이제까지
한 마디도 하지 않았겠다

삶도 잊었으니
죽음 또한 잊었겠다

생불이다

돌양지꽃

우리가 만난 곳은 벽소령 산길 옆 어딘가였어
그 여름, 7월 중순쯤이었을 거야
그때 나는 바위에 걸터앉아
내가 헤매고 다닌 세상을 내려다보고 있었어
긴 생각을 하면서
그러다가 무심코 상수리나무 이파리 하나를 떠들어 보았
지

너희들 여기서 뭐하니?

나는 그때까지 그렇게 작고 예쁜 꽃들을 본 적이 없었어
상수리나무 이파리 한 개 밑에
노란 돌양지꽃 다섯 개
너희들은 모여 소꿉놀이를 하고 있는 것 같았어
너희들 중 누군가가 말했어

아저씨 왜 헤매고 다니세요?

얼마나 시간이 흘렀을까
나는 다시 지리산 능선을 가면서

가장 높은 곳을 향해 단호한 걸음을 걸으리라
하고 생각했어
산정에 올라 다 낡은 목소리로 포효했지

그런데 내려오는 길에
상수리나무 잎 밑에 두고 온 너희들이 몹시
마음에 걸리기 시작한 거야
치밭목 산장에서 자던 날 밤에도
무재치기 폭포에서 멱을 감으면서도

이제 여러 해 전 일이지
사실 지금 나는 그게 얼마나 오래전 일인지도 모르겠어
그런데 왜 자꾸 내 귀에 그때 너희들 목소리가 들리지?

아저씬 왜 헤매고 다니세요?
아저씬 왜 헤매고 다니세요?

빨간 티코의 집

빨간 티코를 만났네, 연두색 요정
콧노래 싣고 달리는 집,
노래 벽돌로 지은 빨간 집

빨간 티코를 앞세웠네
빨간 신호등 걸린 사거리
나는 저 예쁜 요정의 종
멈춰 섯! ~ 딸랑딸랑!
따라 왓! ~ 쫄랑쫄랑!

저 아가씨, 빨간 신호등 노려보며
주문을 외우네
앗! 푸른 등으로 바뀌네
저 아가씨, 엉덩이에 달린 빨간 꼬리 두 개
깜빡깜빡, 날 보고
따라오라며 앞서 가네

저 아가씨, 기지개를 켜네
빨간 티코의 창문 활짝 열리고
후우~ 허공에 숨을 불어넣네

흰나비 떼 쏟아져 나와 하늘로
풍선처럼 떠오르네

빨간 티코, 룰룰랄라 노래 부르네
달리는 빨간 집,
콧노래 가득 싣고 달리는 저 아가씨
언덕 위에 서네
겨드랑이에 투명 날개 감춘
저 아가씨네 노래 벽돌집
언덕 위, 연두색 요정의 집!

물

물은 알지
물이 있어야 할 곳 알지
낮은 데로 낮은 데로 가지
떠나야할 찰라
망설이지 않지, 물은

작은 봉우리 하나 억지로 올라서지 않지
작은 등성이 하나 함부로 넘지 않지
골짜기로 내리다 모여 더 큰 골짜기 만들지
샛강으로 흐르다 모여 더 큰 강 만들지

산정에 서서
산 밑 호수에 가득 고인 물을 보네
미련 갖는 이 없이
낮은 데로 낮은 데로
가서 만든 넉넉한 평화 보네

물은 알지
구정물 깊이 누르고 윗물 맑을 줄
고여 있던 자리 차면 아무라도

흘러 낮은 곳으로 가야 할 줄
알지

더러운 몸 물에 담그지 마라
썩은 정신 물에 씻지 마라
누가 고인 물은 썩는다 했는가

물은 물이 누구인지 금방 알지
下心!

사랑은 바지 주머니 속 호두알같이

사랑이 무거워 평생 사랑의 짐을 지고
한 번 날지도 걷지도 서지도 못하는 사람이 있네
사랑은 벽이라며
평생 한 번도 문을 열어보지 못한 사람이 있네
제발, 사랑을 가지고 놀아봐
입을 오므려 사랑을 훅훅 불어 가볍고 크게 만들어
맑은 가을 하늘에 높이높이 날려봐
뽐뿌로 쉬익쉬익 바람을 넣어
축구공처럼 뻥 차서 흰 뭉게구름 위에 올려놓아봐
사랑을 버려봐
사랑을 벼랑에 밀어뜨려 죽여봐
죽였다 살렸다 해봐
호두알같이 주머니에 넣고 만지작거려봐

시를 사랑한 자전거

III

옛집

섬쥐똥나무 생울타리에 옴팍 묻힌 집
지붕에 까만 쥐똥나무 열매 수북이 쌓인 집
겨우내 굴뚝새 소리 가득한 집

울안 가득 아버지 호령소리 쩌렁한 집
장두감나무 황토마당에 휘어져 닿은 집
울 밑에 작약꽃, 목단꽃 단정한 집
여름내 말벌 소리 징징대는 집

뒤란 처마 밑 눈썰매, 방패연 꿈꾸는 집
셋째형이 팽이 깎다가 잠깐 뒤란을 비운 집
잠 깬 고양이 담 위에 올라
쪽 뺀 네 다리로 오지게 하품하며
마실 가기 전 둘러보는 집

내가 오래 오래 뒤돌아보며 떠나온 집
숨 가쁘게 달려가 안기던 집
동백아가씨 곱게 부르며 베갯모에 수놓던
큰누님 시집가고 없는 집
어머니가 날 못보고 세상을 떠난 집

큰형님이 헐값에 팔아먹고 도시로 간 집
아버지가 끝끝내 돌아가지 못한 집
아, 적막해라, 먼발치에서 눈 한 번 맞대고
죄진 손처럼 달아나는 내 눈에 밟히는 집

앉은뱅이책상

병신자식, 나는 그의
출생 비밀을 알고 있다
코 빨간 술보, 상코 아저씨
오른쪽 귀 위에 연필을 꽂고
이마에 후두둑 땀줄기를 쏟아내며
먹줄을 이리저리 튕겨 옻칠 자개농을 만들고
남은 나무토막
그게 그의 뼈와 살점들이다

펼친 지리부도 한 권과 필통 한 개 크기
아버지 구두약과 구둣솔을 맡아주기도 하고
어머니 은비녀와 참빗
내 딱지, 구슬을 보관해 주기도 하며
그는 어엿한 피붙이가 되었다

식구들이 하나 둘 떠난 뒤
남은 게모 밑에서 공박 받으며
돋보기, 인감도장, 닳아빠진 은행통장
귀퉁이 잘려나간 흑백 가족사진
먼 친척들 전화번호까지

꼬박꼬박 챙겨주며 아버지 곁을 지켜줄 때
그의 몸엔
누런 시간이 칭칭 감겨갔다

앉은뱅이라서
둘째딸처럼 지구 뒤편에 이민가 살지도 못하고
큰아들, 셋째아들처럼 부모 먼저 저승도 못가고
막내아들처럼 떠돌이도 못되고,
여든넷과 서른일곱의 원망스럽고 긴요한 사랑
그의 세월은 늘 머뭇머뭇하고 있다

그는 아버지와 단 둘이 남았다
하루에도 몇 번씩 죽은 고향 사람들 만나고
먼 바다에서 만선의 오색 깃발 펄럭이며 귀항하고,
서로 등 비비며 삶의 모서리 긁어준다
아버지가 한나절만 보이지 않아도
그는 안절부절 못한다
하룻밤에도 몇 번씩
콧구멍에 가만히 귀를 대본다
가는 연실 같은 아버지 숨소리 아득히 풀려가면

그의 밤은 깊은 안개로 길을 잃는다

똘똘 말아 노끈으로 묶은 만원권 천원권 지폐 몇 장
조부모님 어머님 기일, 문중 시젯날 적어 놓은 수첩
쓸 일 없는 주민등록증, 경로우대증, 버스승차권
손주들이 들르면 쥐어줄 사탕 서너 주먹
두 칸 서랍 안에서 남아 있는 날을 근심하고 있다

이제, 아버지의 숨이 사그라져 가는 시간들
아버지가 밤마다 무슨 꿈을 꾸는지
저승의 누구누구를 만나는지
아버지의 몸에서 하루에 몇 방울의 피가 빠져 나가는지
가죽과 뼈 사이에서 얼마만큼 살이 사라져 가는지
큉한 눈, 밑바닥까진 얼마나 더 남았는지
영문을 훤히 알며, 망연한 눈으로 응시하는 놈은
오직 그뿐이다

歸路

아버지, 바람이 불고 있어요
이제 풀벌레들 우는 소리 들리지 않아요
모두 돌아갔나 봐요

아버지 등에 흰 국화꽃 한 짐 가득하네요
한 세월 함께한 자모들
우수수 빠져나간 아버지의 언어,
흐르는 노을이 되었네요
장하세요, 아버지
모두 놓아주세요

피안이 보이는 강가에
백팔번뇌 내려 놓으신 당신,
아버지의 노망을
쉽사리 받아들이지 못하는 것은
한낱 수발을 두려워하는
자식놈들의 호들갑일 뿐입니다
생로병사, 자연의 이치를 모르는
미물들의 징징거림일 뿐입니다

회한 켜켜이 쌓인 당신의 연대기
숭숭 구멍 난 이승의 기호들
마저 내려 놓으세요
이제 머지않아
당신을 건네줄 나룻배가 올 것입니다

당신은 지금 이승 나루터에 앉아서
강을 건네 줄 뱃사공이
늦게 올까 기다리지도 않고
서둘러 올까 걱정하시지도 않는군요

누님, 자꾸 아버지의 기억을 바로잡아 주려 하지 마세요

바람이 불고 있어요, 아버지
떡갈나무 잎들
까마귀 떼처럼 청동 하늘로 날아오르고 있어요
나뭇잎들도 이제 돌아가려나 봐요

그리운 빈집

여든다섯 해 살던 집 두고 떠난 아버지
새끼들 허겁지겁 한 데 모여 다툰다
빈집에 불을 놓아버릴까
무거운 돌에 담아 땅 밑에 가라앉혀 버릴까

벌써 그립다고 눈물바람이다

근심 없는 땅 밑에 새 집터 잡아 드릴까
고인돌 만들어 드릴까
차가운 화강암 깎아 납골당 만들어 드릴까

피와 살 증발해 버린 허망한 집
뼈대에 남은 거죽
군데군데 뚫려 문풍지 소리 무서운 집

여덟 새끼들 맴돌던 집
하나 밖에 없는 든든한 빽이었던 집

안타깝고 막막한 집
천구백이십년 산

흙, 바람, 물, 불로 빚어진 아름다운 집!

벌써 다급한 몇몇 새끼들 보이지 않고
남은 새끼들
설 지난 날, 진눈 맞으며 그리운 빈집 묻는다

엄마 생각

깜빡! 잠결 밖이 어슴어슴했어요
후두둑 빗방울 떨어지는 소리 들리더니
순간에 빗소리가 빗소리를 서로 때렸어요
나는 일부러 눈을 뜨지 않았어요

마음속으로 빌었어요, 이 소리가
양철지붕을 때리는 소낙비 소리라면……
이십 리 길 오일장에 가신 엄마가
돌아오다가 이발소가 딸린 **농막점방** 처마 밑에서
소낙비를 피해 서 계신다면……

이 비가 그치고, 얼마 뒤
아가, 하고 엄마가 **빵빵한** 튀밥봉지를 들고
금세 뜨끈뜨끈해진 양철지붕 집
문을 열고 들어오신다면, 오시리라

혹! 바람이 빗물가루를 방 안 가득 흩뿌렸어요
오매 어쩌까! 눈이 떠져버렸어요
창문 앞 목련나무 초록 지붕에
장대비가 쏟아지고, 태풍이 달려왔어요

똥강아지

계란과자 한 봉지는 뽀뽀 다섯 개
자장면 한 그릇도 뽀뽀 다섯 개
피자 한 접시는 뽀뽀 세 개
크레용 초콜릿 한 갑은 뽀뽀 일곱 개
아이스크림 한 통은 뽀뽀 열 개

만오천 원짜리 드레스 한 벌에는
잠잘 때 뽀뽀 스무 개
아침에 일어나서 또 뽀뽀 스무 개

사소한 사랑

밤이 깊었습니다
베란다 통유리 밖 동네 가로등 밑에는
노란 달맞이꽃들이
볼에 물방울 점을 달고 피어 있습니다

장마가 한창인 요 며칠
당신의 마음은 훨씬 정겨워진 것 같습니다
저녁마다 설거지를 마치고
雨前 한 잔씩을 내옵니다

젊은 시절 잠시 머물렀던 생의 港口,
雨期의 카페에서
원두커피 한 잔을 마시며
나누었던 얘기를 기억하고 있는 나는
이제 당신도 나도 나이 들어가고 있음을 압니다

당신과 별것도 없는 얘기를 나누면서
나는 싱싱하고 어설프던 그 옛날 당신만큼
그윽한 차 향기 같은 지금 당신의 모습을 좋아하게 됩니
다

80

밤이 깊었습니다
빗줄기를 피해
가로등 밑으로 퍼덕이며 날아드는 부나방을
노란 달맞이꽃이 잠들지 않고
쳐다보고 있습니다

지금 당신은 잠자리에 들었지만
당신과 내가 마신 찻잔은
그 자리에 그대로 있습니다
나는 자꾸만 당신이 잠시 가스불을 끄러 갔거나
세탁기 빨래가 다 됐는지 보러 갔다고 생각합니다

이러다간 늦잠을 잘지도 모르지만
아무래도 조금만 더 이대로 있다가
잠자리에 들어야겠습니다

그럼 내가 일어날 때까지
당신이 기다려 주서야겠습니다

내복 수선 맡기기

내복바지 고무줄 갈아 끼우러 백화점에 간다
내복 고무줄 늘어났다고
백화점에 들고 가는 사람 어딨냐며
핀잔주는 마누라,
별것도 아닌 걸 가지고 싸운다며 타이르듯
나무라는 열한 살 딸, 세 식구
종이가방에 내복 아랫도리 싸들고 백화점에 간다

마누라와 딸은 저만치서 딴전을 피운다
아가씨들이 민망한 내 말을 들으며 자기들끼리
쿡쿡 웃는다. 이웃 가게 아가씨까지 힐끔힐끔 곁눈질하며
야릇한 웃음 흘린다
아가씨가 두 손으로 내 아랫도리 허리를 잡고
사타구니까지 샅샅이 살펴보는 동안
나는 레이스가 달린 꽃자주색 브라자와 빤쓰를
찔끔찔끔 훔쳐본다

내 불알처럼 축 늘어져버린 내복 고무줄,
내복 고무줄처럼 탄력 잃어가는 정신
내 정신처럼 헐렁헐렁 볼록볼록한 몸

즐거운 긴장 모두 사라진 망념의 날들……
슬슬 엉뚱한 생각을 하며
쑥스러워져 가는 나, 용무를 외면한 채
회전목마를 타듯 둥그렇게 옷걸이에 매달려 있는
각양각색 빤쓰들을 이리저리 돌려댄다

어딘가로 열심히 하던 전화를 끊은 아가씨
빙그레 말한다
손님, 본사로 보내면 수선 가능하세요
일주일 쯤 걸리겠네요, 전화번호 주고 가실래요?
헐! 그런데 왜 갑자기 내 입에서 이런 말이 쏟아졌을까
쭈글쭈글 헐렁헐렁해져 가는 중년
몸과 정신도 맡기면 수선해 주나요?

셋째누님네 코끼리

셋째누님과 셋째매형은 농투성이이다
매형은 어느 핸가, 농민신문에
올해의 자랑스러운 농민으로 실리기도 했다
외상으로 중고 중장비를 사가지고
오천 마지기 논을 만들기도 했다
간척지 가경작으로
몇 십억을 손에 만져본 사람이다
황토밭 오만 평을 사놓고, 담보로 잡혀
완도에 가서 광어, 전복 축양장을 한다며
딱 일년 만에 사십억을 날리고 맨손으로
해남 산이면 황토땅으로 돌아온 사람이다
하마터면 그것마저 날리고 손바닥 칠 뻔한
셋째매형과 셋째누님,
그들은 평생 일복을 타고난 일부자이다
셋째매형이 요즘 또
황토밭을 가지고 밤낮을 새우고 있다
허연 쌀밥과 새 김치를 밭으로 내온
셋째누님은 꼭 코끼리가 어쩌고저쩌고
무슨 막둥이 아들 부르듯
우리 코끼리, 우리 코끼리 한다

이 대목에서 내가 셋째누님에게
평생 알파벳 한 번 써본 일 없는 누님에게
누님 코끼리가 아니라 포크레인이에요 하면
나는 진짜 나쁜 놈이다, 헛배운 놈이다

시를 사랑한 자전거 1

　　—옥이

내 나이 꼬깃꼬깃 칠십이 되면
꼬불쳐 꼭꼭 숨겨놓은 돈으로
자전거 한 대 살란다
허리 빳빳이 세운 면서기 출근하는 아침
신작로를 느릿느릿 굴러가며
아침 햇살에 바큇살이 찬란하게 빛나던
그런 자전거 한 대 살란다
청보리가 막 이삭을 패는 밭둑길을
누런 中자 빛나는 학생모자를 쓰고
휘파람처럼 굴러 학교에 가던
그런 자전거 한 대 살란다
옥아, 그 자전거를 타고 너한테 갈란다
해거름에 덜컹덜컹 논둑길을 달려
돌담길 고샅 속에 숨은
느그 집 앞에 가서 너를 부르마
칠십 년대식 크락숀으로 너를 부르마
핑갱핑갱 핑갱핑갱
바퀴가 돌에 채여 덜컹거리거나
물웅덩이에 미끄러져 비틀거릴 때
하얀 교복을 입고 짐받이에 비스듬히 앉은 니가

내 허리를 꼭 껴안지도 못하고
옆구리 옷자락을 슬며시 잡은 니가
오매! 오매! 할 때처럼, 옥아
너를 태우고 신나게 한 번 달릴란다
쑥부쟁이 꽃 죄다 나온 들국화 강둑까지 굴러가
자전거를 언덕에 비스듬히 세워놓고
너하고 드러누워 저녁노을을 한 번 볼란다
지 혼자만 늙지 않는 저녁노을에 대고
욕이나 바가지로 해줄란다
티끌 하나 없이 쨰한 남쪽 하늘을
흐르는 기러기들에게 손 흔들어줄란다
옥아, 짐받이에 너를 태우고 기러기들과
남녘 십자성 있는 데까지 굴러가 볼란다

시를 사랑한 자전거 2

(예수님도 아직 안 와본, 교회도 없는 마을
하지만) 고요한 밤, 거룩한 밤
겨울밤, 울 어머니 치맛자락을 잡고
우와 누나네 작은방으로 제지금을 난
오춘 큰아버지네 셋째형님 집들이를 따라갔네
황토마당에서 내 가슴만큼 높이에 신방독이 있고
신방독에서 내 가슴만큼 높이에 마루가 있고,
마루에서 내 무릎만큼 높이에 외짝 대나무 창살문이 있는
우와 누나네 초가집 큰방, 그 큰방 옆에
늘 삐그덕 삐그덕거리는 두 짝 나무문이 흔들리는 정재,
그 옆에 있는 작은방, 그 방 앞에
나무마루도 없고 신방독만 덩그러니 한 개 놓인
그 신방독 옆에 부엌살림과 아궁이가 있는 넙턱지만한 방
오춘 당숙네 셋째 재휴형님은 이제 해남양반이 되었네
엄매들 이야기꽃 무릎을 베고 곤히 자다가
밤늦게 울 어머니 등에 업혀 고샅길을 걸어
집으로 오다 쳐다보았네
내가 아직 몇 번밖에 못 본 깊은 겨울밤, 밤하늘에
둥글디 둥근 자전거 바퀴 한 개 굴러가고 있었네
새 형수님 얼굴같이 조금 누렇기도 하고 하얗기도 한

겨울밤을 느릿느릿 구르는 자전거 바퀴 같은 달
새 신랑 신부의 밤을 지켜주고 있었네
내년 가실에는 동네에 애기 울음소리 한 개 늘것다
명자누나네 할머니가 중얼중얼하시니
중천을 구르던 달이 내려다보며 환하게 웃었네
(성탄이 뭔지, 크리스마스 캐럴이 뭔지 몰랐던 마을
하지만) 참말로 고요한 밤, 거룩한 밤이었네

시를 사랑한 자전거 3

―불광잠자리 잡기

봄부터 꼴새를 볼 수 없던 비가 한여름이 되어도 내리지 않았다.

동네 어른들은 새벽부터 삽을 들고 모여 여기저기 둠벙을 파댔다.

논가의 둠벙 수는 날마다 늘어갔으나 논에서는 터무니없이 벼들이 타들어가고 있었다.

아낙들은 양철동이에 물을 반쯤 채워 이고 비탈길을 기어 올라가 참깨밭에 물을 주었다.

참깨꽃이 피다가 시들어 고개를 떨구어버렸다.

철없는 동네 조무래기들은 보리밥을 물에 말아 먹고 동네 앞방죽으로 모였다.

물이 말라 바닥에 금이 나기 시작한 방죽가를 돌며 왼종일 불광잠자리 잡기를 하였다.

대막대기에 매단 바느질실 끝에 발이 묶인 불광잠자리들이 고통스럽게 마른 하늘을 맴돌았다.

조쨍아 줘어~ 암놈이나 줘~
조쨍아 줘어~ 암놈이나 줘~

옆가슴이 노란 암컷 불광잠자리를 미끼로 잡지 못한 날도
있었다.

그런 날은 수컷을 대신 잡아 옆구리에 노란 호박꽃 가루
를 묻혀 암컷 흉내를 냈다.

수컷 불광잠자리가 방죽을 한 바퀴 빙 돈 뒤 암컷 곁을 맴
돌면 소년들의 마음은 워럭 분주해졌다.

조쨍아~ 조쨍아~ 조쨍아~
조쨍아~ 조쨍아~ 조쨍아~

수컷의 허기진 욕망이 잠시 빈 방죽에 고인 공기를 흔들
었다.

물풀 위에 앉은 흘레붙은 암수 잠자리를 비찌락대 가지로
덮어누를 때,

소년들은 대대로 불러온 잠자리잡이 노래를 잠시 중지했
다.

어린 조수들은 잡은 불광잠자리들을 양손 손가락 사이에
끼운 채 형들 뒤를 따라 다녔다.

한낮에 면서기가 자전거를 타고 동네에 들어와 어른들을
만나고 가며 야릇한 웃음을 흘렸다.

조쟁아 줘어~ 암놈이나 줘~
조쟁아 줘어~ 암놈이나 줘~

조쟁아~ 조쟁아~ 조쟁아~
조쟁아~ 조쟁아~ 조쟁아~

들판 건너 마을 집들에서 보리죽을 쑤는 냄새가 땀 냄새처럼 번졌다.

먼저 냄새를 맡은 뱃속 창자들이 꼬르륵 꼬르륵 꾸무럭거렸다.

아이스께끼 장수도 오지 않고, 긴 긴 여름 해가 뉘엿뉘엿 서산 너머로 떨어지고 있었다.

토끼풀과 개망초, 수크령, 암크령이 엉켜 있는 방죽둑이 끄응 소리를 냈다.

동네 울력날 삽으로 깊이 파서 새긴 반공방첩 글자를 메운 횟가루가 밀가루같이 보였다.

밤이 되면 동네 처녀들은 양철동이를 이고 이웃동네 샘으로 물 도둑질을 갔다.

그 일 말고는 아무 일도 일어나지 않은 여름이었다.

만호바다

바다는 이제 이야기꾼이 되어 있다
아버지는 하루 종일 그물 깁는 사람
나는 먼 바다에서 온 물결 세는 아이
조부가 슬그머니 사라져 못 온 곳
농어잡이 배 夏眠하는 포구에
푸르디 푸른 땡볕 쏟아져 고이면
갯바위에 엎혀 있는 콩밭
콩잎이 시드는 팔월
어머니는 그곳 콩밭기 초록 집 주인
아버지는 여름 내내 시간 깁는 사람
나는 끝내 철들기 싫은 아이
옥색 치마 걷어 올려 젖가슴에 동여맨
단골네 하루 종일 징 두드리며
산 닭 바닷물에 던져 혼을 불러 건지고
망망한 수평선 너머로
조부의 중선배 파랑새 따라간 곳
바다는 이제 이야기꾼으로 산다

한여름 밤의 꿈

— 감례누나

엄마는 또 콧타령을 하다가 눈물을 찔끔거렸다. 엄마와 친한 명자누나네 할머니가 슬금슬금 사립문을 밀치고 들어와 마당 한가운데 깔린 멍석에 끼어앉았다. 설거지를 마친 둘째누나가 저녁 밥솥에 찐 옥수수를 양푼에 담아 내왔다. 웅크린 초가집 큰방 작은방이 깜깜한 굴 같았다. 그믐달이 서쪽 옥매산에 잠시 걸려 있다 넘어갔다. 치자물을 노랗게 들인 별들이 촘촘히 박혀 있는 아득한 하늘에서 별똥별이 쏜살같이 미끄러져 내렸다. 아버지는 담벼락에 새워 반쯤 말린 내 키만큼 큰 쑥대를 덜어와 멍석 가에 모깃불을 모았다. 흰 연기가 집안을 한 바퀴 돌았다. 이번엔 아버지가 끄억끄억 말을 토해냈다.

그해 여름에 인민군이 내려왔다 쫓겨간 뒤 만호바다 건너 진도의 한 동네 사람들이 거의 모두 몰살당한 일이 있었지. 그 때도 여름이었느니라. 그 마을 어민들과 우리 동네 어민들은 함께 만호바다에서 어장을 하기 때문에 서로 잘 아는 사이야. 그런데 하루는 평소에 잘 알고 지내던 아무개가 밤중에 찾아왔어. 피신해가는 중인데 딸아이를 좀 부탁하노라고. 그때 느그들 큰 오빠가 일곱 살이었고 둘째가 다섯 살, 큰언니가 세 살, 그 밑으로 셋째 오빠가 막 난 갓난아기라 느

그들 엄마가 열세 살 된 그 애를 애기업기라 치고 데리고 있
자고 해서 그렇게 한 거지. 모두들 감례누나, 감례언니하고
잘 따르더라.

서너달 뒤 어느 날부터 저녁마다 마을 회관에서 회의를
하고 야단이 난 거야. 그날도 아무개가 일부러 집에까지 와
서 "성님 회관으로 좀 나와 보시오. 모두 성님을 기다리고
있소." 하고 숫제 내 등을 떠밀고 가는 거야. 그때 느그들 엄
마는 물레질을 하고 있었고 감례는 그 옆에서 콧디령을 하
면서 어린 느그들 오빠 언니들을 보고 있었는데 "또 나 때문
에 그라지라우. 난 괜찮응께 얼른 뎅겨오시오." 하고 보채는
느그들 둘째 오빠를 안고 시커먼 뒷마당으로 나가는 거야.

회관엘 들어서자마자, "성님, 어떻게 할라우? 그 애를 그
대로 놔뒀다간 동네 전체가 온전치 못할 것인디." 하고는 아
무개 동상이 다그치고. "동상이 빨리 결정하게. 빨갱이 머리
쓴 놈 자식새끼 감싸고돌았다간 동상 집은 물론이고 마을
전체가 화를 입을 것이시." 하고 아무개 성님이 다그치니 모
두 눈을 휘둥그렇게 뜨고 나만 쳐다보더라. 나는 더 이상 뺄
수 없었단다. "알았소. 밤중에 내가 진도까지 태워다 내려주

고 오겠소." 하고 집에 돌아와 느그들 엄마에게 "밥 좀 안쳐
서 주먹밥 좀 만들게. 어떻게 될지 모르니 먹을 것을 좀 챙겨
서 데려다 줘야지." 그러니 느그들 엄마는 눈물바람, 콧물바
람 하면서 밥솥에 불을 때다가 감례를 불러 부둥켜안고 짠
해서 어쩔 줄얼 모르더라.

감례는 속이 꽉 찬 아이였지. 느그들 엄마 옆에 꼭 붙어 있
다 말 없이 챙길 것도 없는 지 물건들을 이것저것 정리하더
라. 난리통에 꼬박 여름 한 철을 함께 지낸 터라 그 애와 우
리 식구는 정이 참 많이 들어버렸어. 눈물을 훔치며 주먹밥
을 만들어 챙겨 안겨주며 따라나오는 느그들 엄마를 뒤로
하고 그 애를 데리고 동구섬 선착장으로 갔는데 아무개, 아
무개가 기다리고 있는 거야. "성님, 우리가 실어다주고 올라
우." 하길래 "그럼 그렇게 하소. 부탁 좀 함세." 하고 아무 생
각 없이 맡기고 말았단다. 그랬던 게 이렇게 천추의 한이 될
줄 누가 알기나 했겠느냐. 아, 그놈들이 진도까지 건너갈 시
간도 아직 한참 멀었는데 벌써 지놈들끼리 돌아온 거야. 벌
써 수십 년이 지났는데도 느그들 엄마는 그때부터 그 애를
가슴에 묻고 잊질 못하고 앓는구나. 오목가심에 박힌 게지.

쑥대 타는 냄새가 아련했다. 흰 연기가 집안을 한 바퀴 구렁이처럼 돌았다. 풀벌레 소리 하나 없었다. 희끄무레한 백야, 하얗게 푸른 한여름 밤이었다. 우리집이었다. 분명히 식구들이 마당 한가운데 멍석에 다 모였는데 아무도 말이 없었다. 엄마도 말이 없고, 누나들도 말이 없고 말이 많으신 명자누나네 할머니도 말이 없었다. 아버지는 일어서서 컴컴한 어둠 속으로 걸어 나갔다. 나는 엄마 무릎을 베고 누워 별을 세었다. 별 하나 나 하나, 별 둘 나 둘……. 감례누나가 보였다. 나는 속으로 감례누나에게 "누나!" 하고 불러보았다. 나는 다시 별을 세었다. 별 하나 나하나 감례누나 하나, 별 둘 나 둘 감례누나 둘……

면민 축구대회

한가위 뒤, 황산중학교 운동장에서
리대항 축구대회가 열리고 있다
황산면, 열두 마을 중에서
소재지 시등리, 서부 송호리, 동부 연호리
남부 우리 동네, 징의리가 4강에 올랐다

음력 팔월 열여드렛날
동네 어른들은 이십 리 새벽길을 걸어 나와
운동장가 플라타너스 그늘에 죽치고 앉아
삶은 돼지고기에 막걸리를 돌리고 있다

지난 밤 동네 초등학교에 몰려가
휘영청 달밤에 편을 갈라, '송호리를 이기자!' 며
축구를 한 우리 동네 중학생들,
교실에 갇힌 마음 울을 박차고 나가려는 짐승이다
워, 워 소리가 날 때마다
발이 근질근질하다

조금 있으면, 동네 엄마들이
밥이며, 국, 송편, 먹을 것을 머리에 잔뜩 이고

학교 앞 한아리 고개를 넘어오겠다

빨리 커서 선수가 되어
벌써 동네 전설이 된 동주형님의 중거리 슛 같은
멋진 슛을 날리고 싶은 면민 축구대회,
우승기 휘날리며, 징, 꽹과리
신명나게 두들기며 금의환향하고 싶어
발 꼴리는, 하 사라진 면민 공동체!

오래된 편지

정옥씨, 알아요? 우리가 예닐곱 살 적이었을 때 봄, 아마 그때도 황사가 기승을 부렸든지 아니면 송홧가루나 민들레 꽃씨 때문이었든지 아니면 찔레꽃 냄새 때문이었든지, 내 눈에 커다란 다래끼가 나서 정옥씨 집에로 울 엄마 손에 끌려가 정옥씨 할머니가 정옥씨 집 생울타리 탱자나무 가시를 따서 내 다래끼를 따 주었던 해거름 저녁 때, 그때 생각나요?

정옥씨 집은 탱자나무 생울타리 사립문을 삐그시 열고 들어가면 황토 마당을 지나 돌계단을 세 개 딛고 올라가야 신발독이 있고, 신발독에 검정 고무신을 벗으면서 보면 반질반질하게 잘 닦인 마루는 내 젖꼭지 높이만큼 높았어요. 큰 방 문살은 시누대 나무를 방패연 만들 때같이 곱게 다듬어 이쪽저쪽으로 가로질러 문틀 구멍에 맞추고 횟가루 포대를 정성껏 발라 놓아, 손가락에 침을 발라 뚫어도 안 될 것 같았어요.

내가 정옥씨 할머니 무릎에 누워 울 엄마 치마를 꼭 잡고 무서운 탱자가시가 내 눈을 향해 인정 없이 다가오는 것을 바라보며 파르르 떨 때, 정옥씨는 마루 바로 옆에 있는 정재

안에서 정재문을 삐그덕삐그덕거리면서 몰래 내다보고 있었어요. 나는 앙앙 울어버리고 싶었지만 정옥씨가 바보라고 놀릴까봐 이를 앙당 물고 참았어요.

탱자나무 가시로 눈을 딴 다음 할머니는 다래끼에서 피고름을 짜내시고 "다 됐다." 하시고는 빨간 아까쟁끼를 발라 주시면서 손바닥으로 내 엉덩이를 떡 치듯 때렸어요. 정옥씨, 난 그 때 안 울었어요.

골목길을 나와 몽댕이잔등에 오르면, 어느새 들물은 작은 노두 뻘밭을 간질이며 작은 섬마을을 둘러싸기 시작했고, 연자끝에서 고천암까지 펼쳐진 초록 보리밭 위로 아리한 아지랭이가 피어올라 어지러웠어요. 보리밭 둑길에 선 내 쬐꼼한 가슴이 하도 쿵쿵거려 고천암 공사장까지 냅다 달리면, 내 뒤를 좇아 달리딘 징옥씨, 당신의 그 징하게 촌스럽고 이뻤던 어린 모습 기억 안나요?

바닷물이 곱게 쓸어 놓은 몽근 모래밭에 정옥씨 이름과 내 이름을 써놓으면, 만호바다 너머 큰 바다에서 온 물결이 지우곤 했던 넙턱지만한 작은모래미, 보리밭가에 마음대로 난 삐비풀마다 삐비가 정신없이 솟아오르는 봄날, 난 통통하게 살찐 삐비를 한 움큼 뽑아 정옥씨에게 주고 싶었어요.

정옥씨네는 우리 동네서 할아버지의 할아버지 때부터 대대로 살아오던 집이 아니었어요. 양코들이 원조해준 밀가루로 우리 동네와 건너편 화산면 가좌리를 잇는, 그 옛날 일만 집을 먹여 살렸다는 만호바다를 가로지르는, 고천암 간척공사에 쓸 돌을 깨러 우리 동네에 이사 온 석수장이네였어요.

밀가루 원조가 뚝 끊겨 고천암 간척공사가 중단되고 말았지만, 아직 정옥씨네가 우리 동네에 남아 있을 때, 어느 핸가 추석에 새로 지어 이사한 초등학교 옆 큰봉산을 넘어 쏜살같이 달려 내려가 버려진 철구루마를 타고 신나게 밀고 다녔던 일들 기억나요, 정옥씨? 그때, 정옥씨를 태우고 철구루마를 밀 때 난 정말 젖 먹던 힘까지 다했어요.

가을이면 온통 흰색, 분홍색, 빨간색 코스모스에 파묻혀 잘 보이지 않는 슬레이트 지붕을 한 세 칸 오막살이 학교. 만호바다를 바라보는 운동장쪽 유리창에 잉크색 나팔꽃들이 한껏 피었던 날, 정옥씨와 내가 선생님에게 불려가 혼났

던 일. 정옥씨, 기억나요? 몇 번이나 고쳐 써 정옥씨가 아끼
던 녹이 반질반질해진 그 양철필통에 가만히 넣어놓으려다
선생님께 들켜버린 편지, 선생님께 혼나고도 난 기필코 멋
진 편지를 또 쓰리라 다짐했었어요.

아직 세상 물정 모르던 시절, 세상 어떤 일도 우리에겐 의
미가 없고, 봄 여름 가을 겨울이 아무런 경계 없이 그저 가던
시절, 언젠가 정옥씨네는 우리 동네를 떠나고 없었어요. 가
없은 나는 정옥씨네가 어디로 떠났는지도 알지 못하고 말았
지요. 그 후로 참 세월이 많이 갔군요.

정옥씨, 알아요? 나는 지금 그 바닷가에 왔어요. 푸른 청
동귀로 밤새 만호바다 이야기를 듣다가, 뎅그렁~ 뎅~ 뎅그
렁~, 아침 선박을 깨우던 구리종이 있던 바닷가 학교 앞. 학
교가 파하면 늘 우리들이 조개를 줍곤 했던 유년의 모래사
장을 홀로 걷고 있어요. 날이 저물 때까지 정옥씨가 좋아하
던 조개들을 손수건 가득 주워 돌아가 오늘 밤에는 정성껏
흰 실에 꿰어 예쁜 목걸이를 만들고 싶어요. 정옥씨!

가
을

IV

가을 햇살

하느님이

하늘 마당에 널어

잘 말린 햇살을

하늘 마루에 서서

지상의 풀과 나무와 일벌과
주춧돌 밑에서 자울자울 조는 황구와
가을 운동회가 한창인 운동장의
청군 백군 아이들에게

뿌려주고 있다

옛 어머니가 마루에 서서

닭 모이를 주듯

후산리 은행나무

은행나무에
작은 새 한 마리 날아와 앉는다
나무는 잠시 새를 품에 안는다
아주 잠시
그리고 새는 날아간다
은행나무는 새가 날아간 자리를 본다

일 년, 십 년, 백 년……

먼 훗날
새 대신 사람들이 찾아와
오백년 된 나무라고도 하고 가고
육백년 된 나무라고 하고 가기도 한다

후산리에 가서
그 은행나무를 본다
기다림이 무엇인지를 본다
인연 하나가
무엇이 되어 남는지를 본다

후산리 은행나무는
오백년 전인가
육백년 전인가
기록에도 없는 그날
잠시 품에 안겼다 날아간
새를 기다리느라
저토록 오래 한 자리를 떠나지 못하고
그대로 저렇게 세월로 서 있는 것이다

신열

黎明은 알약을 먹은 듯 아린다

창문을 여니
이미 피해 달아날 곳도 없이
가을이 깊다

저 가을에 풍덩 빠질까
빠져서
가을보다 깊은 사랑에 빠져 죽을까

시내버스를 타고 책방에 가자
책방에 있는 책에도
잊지 못할 흑백 사진 한 장
은행잎 한 개 꽂혀 있다면……

단풍나무 낙엽을 맞으며 걸어서
우체국에 가자
가장 가고 싶은 곳 주소를 쓰고
빨간 애기단풍 한 잎 붙여
깊은 가을에다 담그듯 우체통에 넣자

옷깃을 세운 가을비가
눈을 부비며
먼 마을에서 수직으로 내려오다가
단풍나무에 기댄 채 앓고 있다

들국화 江

내 마음의 뒤란 옛이야기 속에
깊은 강 하나 있네
남모르게 하염없이 그리움이 흐르네
들국화 강둑길 따라
해질녘 홀로 마음 없이 걷다가
꽃잎 하나 저무는 하늘에 높이 던지면
어느새 나는 추억 속에 잠기네
들국화 향기 날리는 강둑에 서서
둘이서 꽃잎 하나씩 멀리 던지면
저만큼 하늘에서 빙빙 돌다가
헬리콥터처럼 풀밭 위에 내려앉았네
꽃잎이 내린 곳에 우리는 함께 앉아
서쪽 하늘 길게 늘어진 노을을 보다
마을로 오는 논둑길을 걸었네
지금은 그 사람 내 곁에 없어
내 마음속 깊은 강엔 그리움만 흐르고
들국화 꽃 이파리 서쪽 하늘에 던지면
쓸쓸한 바람이 불어와
꽃잎마저 멀리 날려 보내네

달콤한 실패

사랑하지 않기로 통음하고
다시 사랑하네

죽어도 그리워 않기로
그리움 물든 시간 다 퍼내버리고
또 그리워하네

꽃여뀌 붉은 가슴 아린 가을
시간의 뼈 마디마디 가시지 않는
통풍 홀로 치유하네

외롭지 않기로
가슴 부르트게 연습하고
다시 외롭네

결코 실패하지 않기로 정신 후려치고
또 실패하네

나, 사랑하네
아직 벌겋게 앓는 불이네

가을 驛

이별을 위해 남겨둔 가을이 왔습니다

철둑길 따라
사루비아꽃 행렬이 막막하고
숭숭한 바람이 일렁입니다

역무원은 하품을 하며
향로 쓰레기통에 햇살을 쓸어 담습니다

떡갈나무 지붕에서
갈색 이파리가 떨어집니다
떡갈나무 잎이 떨어지는 동안
사루비아꽃의 시간은 아직 정지해 있습니다

촘촘한 햇살을 밀며
내 머리로 들어온 기차 안으로 당신은 들어갔습니다
당신을 실은 기차는 해안선모양 풍경을 그리며
떡갈나무 가지 사이로 떠났습니다

당신은 정결한 벤치와, 철둑길과,

가을과, 나를 남겨 놓았습니다

사루비아꽃들은
붉은 숨을 가쁘게 몰아쉽니다

기차가 떠난 자리엔
숭숭 구멍난 가을의 전설이 남아 있습니다

비와 노란우산과 나

비는 나에게 와서 죽기 위해
가장 먼 여행을 한다
와서 한 몸 묻히기 위해
오동나무 잎 지는
옛 가을 이야기로 온다

우산은 내게 비를 막아주기 위해
자신의 몸을 펴지, 않는다
스스로 흠뻑 비를 맞기 위해
우산은 옷을 벗고 알몸이 된다

나는 비에 젖지 않기 위해
우산을 쓰지, 않는다
빗소리 들으며 꿈을 꾸기 위해
건반 위 고양이처럼
나는 우산 속을 걷는다

비와 노란우산과 나는
가을의 정원을 걷는다
우주의 어떤 별에서 가장 먼 별

지구의 가을
농밀한 미궁을 함께 걷는다

澄天

숨죽이고
가만히
올려다보면

몰래
지은 죄
들여다보시네

눈 감고
천천히
먼 우주 끝까지 가면

헛된
탐욕
씻어주시네

여서도

외딴 바다 한가운데
천년 오래된 여인숙 한 채
전해져 내려왔네

나는 밤마다
깜박깜박 종이배처럼 가서
그 여인숙에 들었네

둘이 깔 요도 없고
둘이 덮을 이불도 없는
조그만 여인숙

한 사람 함께 누워
파도 소리에 씻은 별을 먹다
물의 젖 물고 잠들었네

사랑으로

나이 들어간다고 사랑하지 말라는 법 있는가
사랑이 아니라면
해질 무렵 무단히 꽃집에 달려가
종알종알 말 걸음 시작한
빨간 애기 장미꽃 가슴 가득 보듬고 나오며
가슴이 뜨끈뜨끈 해지는 감정을
무엇으로 설명해 낼 수 있겠는가

빈센트 반 고흐는 테오에게 고백했다
풍경이 그에게 말을 걸었고
그는 빠른 속도로 받아 적었노라고
사랑이 아니라면
별이 빛나는 밤이
사이프러스나무가 있는 별이 반짝이는 밤이
고흐에게 말을 걸었겠는가
고흐에게 사랑하지 말라는 말인가

나이 들어간다고 차가운 돌이 되라는 말인가
사랑이 아니라면
오동나무 숲길에 물안개 질펀한 가을밤

당신과 하고 싶은 수만 마디의 시작도 끝도 없는 말을
홀로 나누다 쓰러져 자고서도
새벽보다 먼저 깨어나
숲보다 먼저 아침 노래를 부를 수 있겠는가
사랑이 아니라면……,   이렇게 외롭겠는가

참 따뜻한 고독

나는 감춰진 듯 외진 카페
내 이름은 고독이랍니다
나는 늘 당신의 그 자리에 있지요
당신은 혼자서 나를 찾고
나는 혼자서 당신을 기다려요
당신은 초대되었어요
손님 자리는 단 한 개
당신은 홀로 앉아
곰곰이 당신을 바라보고 있네요
나와 속삭이네요
나는 당신의 흰 그림자
당신의 분신이랍니다
우리는 서로 놓질 못하지요
나는 고독, 당신의 나
당신은 내게로 와서
천 겹 숨겨진 당신을 만나고 갑니다
문득, 계절이 바뀐 바지 주머니에
손을 넣듯 당신은 내게 옵니다
당신은 날 만지작거리네요
내 이름은 고독

나의 당신, 당신을 환영해요
애써 붙들지는 않겠지만

떡갈나무 마음이 아리기 시작하는 달

저녁내 저녁 밖에서 서성이다 아침에 잠자리에 들어요
하루 종일 잠을 청하다 저녁이 되면 파김치가 되어 일어
나요
창밖에 서 있는 잠 못 이루는 나무 밑에 졸린 낙엽이 쌓여
있어요
오늘은 떡갈나무 마음이 아리기 시작하는 달 첫째날이네
요

걷고 싶지만 길이 사라지고 있어요
소식만으로도 따뜻한 사람이 많이 그리워져 버린 계절이
예요
비가 오네요. 빗속으로 들어가야 해요
빗속에 공벌레들이 기어 다니는 자취방이 있잖아요

어머니, 며칠 안에 연탄 오십 장을 떼어 놓아야 해요
곧, 떡갈나무들이 발을 동동 구를 거예요
어머니, 몇 년만 더 사세요. 전기밥통도 나오고
냉장고라는 것도 나오고 세탁기라는 것도 나온대요
따뜻한 전기 목도리를 사드릴게요

어머니, 문풍지 소리가 머릿속에서 들려요
이명을 치료해야겠어요, 웅웅거려요
어머니, 곧 아파트라고 부르는 집이 나온대요
아파트에서는 얼음물로 뒷물을 하지 않아도 된대요

곧 떡갈나무 손발이 시려질 거예요
떡갈나무 마음이 아리기 시작하는 달, 오늘이 첫날이네요
떡갈나무 잎에 차가운 멍이 들면 꼭 연탄가게에 들러야
해요
버스정류장 가 여인숙에 어긋난 시간들이 수북이 쌓여 있
어요

은행잎이 지고 별이 빛나는 밤

별에도 우체국이 있다면, 앞마당에 빨간 우체통 단정한 우체국이 있다면 좋겠네

별에도 우체부가 있다면, 덜컹덜컹 달리는 우체부의 자전거 소리가 있다면 좋겠네

나는 지구의 우체국 앞 벤치 위에 은행잎 엽서가 수북이 쌓이고 있다고 전하리

해질 무렵, 그 벤치에 앉아 있다가 은행잎 엽서를 밟으며 홀로 걸었다고 고백하리

별에도 우체국이 있다면 그 우체국 앞에는 키 큰 은행나무가 있으리

아침마다 빨간 우체통에 은행잎 엽서를 넣고 사라지는 시대에 뒤쳐진 소녀가 있으리

소녀를 얼른 지워주는 뽀얀 겨울 안개가 흐르리

나는 오늘 밤 손수건 가득 주워온 노란 은행잎 위에 볼펜으로 꼭꼭 눌러 글을 쓰네

오늘도 자전거를 탄 기러기들의 대오가 남으로 흘러갔다고 은행잎 엽서에 쓰네

별에서 온 엽서를 싣고 달리는 우체부의 자전거를 지구 동구 밖에서 기다리고 싶네

별우체국에도 노란 은행잎 엽서가 쌓이고 있다고 우체부

가 말해주고 가면 좋겠네

晩秋日落

노을을 깔아 치장하지 마라
실오라기 하나 묻히지 않은
붉은 알몸으로
뚜욱 뚝 수직을
걸어서 곧장 내려가겠다

시들지 않겠다
뜨거운 채로
만월처럼 부푼대로 서녘 하늘에
난을 치듯 수평선을 치고
광활한 우주를 산책하겠다

겨울

V

첫눈

미쳤다
저렇게 고운
눈발이 내리다니

그립던 그대
저렇게
너울너울 춤추며
소식도 없이
막 오다니

아직
밤새 잠 못 잘
준비도 못했는데
미쳤다

따뜻한 낙엽

낙엽이 떨어지는데 쓸쓸하지 않다
낙엽이 떨어지기 전
앞당겨 너무 쓸쓸했기 때문인가
낙엽이 오히려 따뜻하다

나이 들어간다는 징후인가
안아주는 것보다
덮어주는 것이 고맙고 눈물겹다
서리 내린 대지 다독이며 덮어주는
굴참나무 잎들, 갈색 온기를 본다
황량한 벌판 자장자장 밤낮으로 재우는
흰 겨울 미리 덮는다

뒤로 물러서고 또 물러서다
맞는 매는 얼마나 두려운가
먼저 쓸쓸해버리면 당당해질 수 있는 것
피하려 발버둥치다 쓸쓸해지면
얼마나 아픈가

웅크린 하늘로 낙엽이 떼 지어 오를 때

쓸쓸하다면 그 건 낙엽 책임이 아니다
늘 미리 조금씩 쓸쓸해 버릴 것!
고독이 원앙금침보다 포근해지리니

산책길

산길을 걷는다
사람들이 산길을 걷는다
우울해서 씩씩하게 행진한다
괴로워서 손뼉을 치며 걷는다
맨발로 걷는다
걷다가 달린다
외로워서 치와와를 안고 걷는다
모자 깊이 눌러쓰고 걷는다
얼굴을 감추고 걷는다

산길을 걷다가 우뚝 마주친다
소나무와 감나무가 연리목이 되고 있다
손바닥을 펴 감나무를 힘껏 밀어본다
들숨과 날숨 사이만큼 미끄러진다
때론 달아나고 싶을 만큼 가려웠겠지
때론 견딜 수 없을 만큼 쓰라렸겠지
외마디 소리였겠지

아프고 상처주다가
감당할 수 없도록 사랑이 커지면

서로 꼭 안겠지
저린 살갗 파고든 그늘 절절하면
어쩔 수 없겠지
가죽 벗겨내고 한평생
목숨 섞고 살겠지

구리종이 있는 학교

바람 한 점 없이 고요한 세상에 눈이 옵니다
미리 연습해둔 동요같이 눈이 옵니다
포푸라나무 생울타리도
늘 뒤척이던 언덕 아래 바다도
오늘은 꼼짝도 하지 않을 작정입니다
땡그랑 땡그랑 장난질하던
교무실 앞 구리종도 얌전히 있을 작정입니다
눈이 와서
방금 놀다 교실로 들어간 아이들의 발자국을 지웁니다
동화 속의 눈같이 눈이 옵니다

아이들은 교실에서 노래를 부릅니다
풍금 소리에 맞춰 노래를 부릅니다
선생님 풍금 소리는 노래 소리 같습니다
아이들 노래 소리는 풍금 소리 같습니다
밖에는 동요같이 눈이 옵니다

운동장 미끄럼틀에는 흰 눈이 수북이 쌓여 있구요
교무실 장작 난로 위에는 도시락이 수북이 쌓여 있습니다
선생님 도시락 위에 아이들 도시락이 쌓여 있습니다

양은 도시락 위로 모락모락 김이 피어오르구요
장작 난로 아궁이에선 연기가 피어오릅니다
선생님은 눈물을 찔끔거리면서
고개를 이쪽으로 피했다 저쪽으로 피했다 하면서
아래쪽 도시락을 위쪽에다 올렸다
위쪽 도시락을 아래쪽에 내려놨다 하십니다
선생님 도시락을 아래다 놓았다
아이들 도시락을 그 아래다 놓았다
빵 굽는 아저씨처럼 도시락을 굽습니다

무슨 잘못을 했는지
왜 무서운 교무실까지 끌려 왔는지
아까부터 아이들 몇, 벌을 서고 있습니다
짧은 말 짓기 숙제를 안 해온 건지
검정 고무신 발을 동동 구르다가
손을 비비다가 호호 불다가
무서운 불장난을 했는지

두 손을 높이 들고 벌을 서고 있습니다
기계독 허연 빡빡머리를 긁적이다가

슬쩍 팔을 내렸다 치켜들기도 하고
팔이 아픈지 비비꼬다가 얼른 바르게 합니다
장작 난로 옆에서 벌을 섭니다
벌을 서고 있는 것인지 불을 쬐고 있는 것인지
마음속엔 벌써 눈싸움이 한창입니다
코 비뚤어진 눈사람을 만들어 놓았습니다
선생님은 영 용서를 하지 않을 모양입니다
요놈들 잘못을 고쳐놓을 모양입니다
장작 난로는 타닥타닥 소리를 내다가 볼이 빨개집니다

창밖엔 동화책 속 눈처럼 눈이 옵니다
선생님 마음에 눈이 옵니다
아이들 마음에 눈이 옵니다
선생님은 선생님 눈사람이 되구요
아이들은 아이들 눈사람이 됩니다
선생님은 선생님이 아니고 눈사람이구요
아이들은 아이들이 아니고 눈사람입니다

조계산 넘는 길

홀로이기 위하여 홀로 걷는 사람이여
홀로 묻고 대답하며 길 걷는 이여

등도 굽고 허리도 휘어
꼬부랑꼬부랑 늙은 산길
서둘러 걷지 말게

그대 등에 짊어진 삶 간결하이
김밥 두 줄, 사과 한 개, 포도즙 한 봉지

삶이 지독히 무거워
남 몰래 고독한 이 앞서 갔다네
선암사에서 송광사까지 조계산 넘는 길

이약이약 나누며 걷게
꼬불꼬불 굽은 삶 함께 걸어주는 길

나는 흰 쌀밥이 맛있습니다
―흰 쌀밥과 꽁당보리밥 1

마누라는 내게 보리밥만 먹으라합니다
마누라는 내 비밀을 알 리가 없지요
여보, 나는 쌀밥이 맛있어
나는 쌀밥 먹고 싶어
흰 쌀밥 달란 말이야!

쌀밥을 주지 않으면 아예 밥을 먹지 않겠습니다
나는 내 마누라가 밉습니다
마누라가 미운 이유는 또 한 가지 있습니다
나는 긴긴 동지섣달 밤,
마누라가 제발
그 사진첩 좀 꺼내지 말아주었으면 좋겠습니다

너무 조그마한 학교로 가는 길
어머니는 산밭에서 허수아비처럼 펄럭이며
서숙 모가지를 자르고
우리들은 길가 코스모스 씨앗을 받던 날
그날 찍은 사진
그 어린 마음에도 그냥 찍기엔 챙피했던지
다오다 잠바를 빌려 입고 찍은 사진

내가 처음 찍은 사진

여보, 당신 참 똑똑하게 생겼다
까무잡잡하니 깡똥이같이 생겼나
아니, 똘똘하니 꼭 꽁보리밥같이 생겼네

오, 제발!
꽁보리밥같이 생겼다는 말은 그만해, 여보.

아부지 생일날
― 흰 쌀밥과 꽁당보리밥 2

오늘은 낌새가 이상한 날입니다
다른 날보다 울 엄니가 일찍 일어나셨습니다
별나게도 자주 정재문을 나왔다 들어갔다 하십니다
딸그닥 딸그닥
살강에 그릇 부딪히는 소리가 요란합니다
누나는 부삭에 불을 때면서
비땅으로 부뚜막을 때리며
흥얼흥얼 콧노래를 부릅니다
오늘은 참 신나는 날입니다
오늘은 우리 아부지 생일날입니다
오늘은 쌀밥을 하는 날입니다

오늘은 처마 밑 대바구니에서 삶은 보리쌀을 꺼내
검정 솥에 보리밥을 하는 날이 아닙니다
시커먼 삶은 보리쌀 위에
꼭 한 주먹 쌀을 얹었다가
아버지 쌀밥 담고
내 도시락 밥 담고
그래도 쌀밥태기는 꼭 꼭 숨고
그런 날이 아닙니다

오늘은 학교에 빨리 가겠습니다
쌀밥 도시락을 싸 가지고
논둑길을 걸을 때 어제 배운 노래를 흥얼거리며 가겠습니
다
아참, 오늘 점심시간에
우리 선생님이 도시락 검사하면 어쩌지요

해 짧은 겨울날, 우리 가족은 점심을 먹습니다

— 흰 쌀밥과 꽁당보리밥 3

마누라는
딸 한음이와 또 싸움을 합니다
둘은 사뭇 필사적입니다
한음이는 결단코 밥을 먹지 않겠다는 것입니다
마누라는 결단코 밥을 먹이고야 말겠다는 것입니다

그들도 이제 경험이 풍부한 프로처럼
노련한 게임을 합니다
네 살 난 딸은 테레비를 보다가
밥 때가 되면 돌연
그림을 그리거나
종이 자르기를 하거나
서투른 글씨 쓰기를 합니다
짐짓 열심입니다
제 에미는 이 녀석의 속셈을 능히 압니다
밥 먹고 엄마와 함께 하자고 꼬드깁니다
병원 그림처럼 뼈가 쏙쏙 나오면 어쩔꺼냐며
겁을 줍니다
도깨비 그림을 무서워하는 이 녀석은
한 숟갈 받아먹고 또 딴전입니다

나는 아내와 딸의 지루한 싸움을 보며
해가 짧은 겨울날 점심을 먹습니다
해가 짧은 겨울날, 밥 대신
고구마를 먹으며 싱건지 국물을 마셨던
해가 짧은 겨울날
우리 가족은 점심을 먹습니다

우리 딸 밥은 쌀밥입니다
내 밥은 보리밥입니다
우리 딸 밥은 하얀 쌀밥입니다
내가 눈에 보이면 환장을 했던 쌀밥입니다
내 밥은 꽁당보리밥입니다

비둘기 집

향이네 집 세탁기 안에 온 가족이 모인다
철공소 다니는 아부지
채식뷔페 식당일 하는 엄니
늘 혼자 밥 먹는 오 학년 딸, 향이

쫄쫄쫄 통 안에 물 차오르면
세탁기 안은 금세 가족탕이 된다
향이 속옷은 엄니 빨간 겨울내의 겨드랑이 파고들고
아부지 작업복 팔뚝은 엄니 허드레 옷 허리 꼭 껴안고
아부지 잠옷 가슴, 엄니 블라우스 목덜미,
향이 양말 발가락 비누칠 해주는 카시미롱 이불

두들길수록 철물처럼 견고해지는 노동,
기름먼지 묻혀 가지고 온 아부지
무릎관절, 허리, 목뼈 뻐근한 엄니
텀블링한 등걸 흙과
웃음소리 까르르 묻혀 가지고 온 향이
한 데 모여 때 묻은 하루 부지런히 닦는다
두툼해진 살가죽, 까칠까칠한 웃음
향이는 엄니 어깨 죽지 통통 때려주고

아부지 발바닥, 무릎, 허리 주물러주는 엄니

세탁기 통 안엔 지구의 자전 소리가 있다
구정물 바다에
성난 파도와 해일, 폭풍우 휘몰아치면
향이네 가족은 보물섬 찾아가는 호킨스 일행이 된다
삶이 거칠거나 회오리칠수록
나무뿌리처럼 서로 얼크러설크러지는
목장갑, 작업복 바지, 겨울내의, 앞치마, 털실목도리

베란다 창틀에 흰 소식 쌓여 가는
푸른마을 아파트 1203호
가스레인지 위에서 하얀 빨래 삶는 냄새 폴폴 나는
향이네 집
저녁 밥상 물려놓고 온 가족 세탁기 안에 모였다

구구구구 구구구구
비둘기 집!

사랑의 기쁨

나는 지금 저녁 기도를 마치고 잠자리에 누웠습니다
이제 아무런 생각 없이 곧장 잠으로 직행해야 하지만
아직 마음은 멋대로 흐르고 노래라도 할 지경입니다
당신 생각으로 한참을, 아니 얼마나 더
불 꺼진 방의 벽과 천정을 응시해야 할지 모릅니다

오늘 아침에도 그랬습니다
일어나자마자 아침 기도를 해야 했지만
불경한 나는 하느님께 기도하기 전
당신 생각으로 신성한 새벽 시간을
얼마나 허비했는지 모릅니다
하마터면 새벽 기도도 못하고 새벽을 보낼 뻔했습니다

사랑하는 이여
저녁 기도가 하루 삶을 마치고 한 마지막 일이
아니라면 어떻습니까
그대에 대한 생각이 내가 새벽 기도를 하기 전
하루를 시작하기 위해 맨 먼저 한 일이라면 어떻습니까
나는 기쁜 걸요

하느님께서 내가 당신을 제쳐놓고
자기 전 시간을 아무도 몰래 그대 생각으로 보낸다고,
일어나자마자 당신을 뵙지 않고
그대 생각과 장난이나 하며 흘려보낸다고 설마
나를 죽이기야 하겠습니까
이렇게 기쁘고 행복하고, 절대로 살고 싶은 걸요

보리

그리운 선생님!
선생님께선
저희들에게 늘 이렇게 말씀하셨지요
벼는 익을수록 고개를 숙인단다

그런데 선생님
그 때 혹시 빠뜨리신 것 없으세요?
잊으신 것 없으세요?

혹시
보리는 익을수록 고개를 당당히 쳐든단다
라고 가르쳐 주시려고 해놓고
깜빡하신 것 아니에요?

눈이 내리는 밤

까마득한 천상의 숲, 나무에서 낙엽이 떨어지고 있다
가로등이 켜질 무렵부터 자동차 불빛 끊긴 한밤중까지
천상의 낙엽들이 내려서 쌓이고 있다
지상의 닫힌 문밖에, 인적 끊긴 호프집, 노래방 앞에
낙엽이 쌓인다, 바람은 일찍 제 집으로 들어가버렸다
쌓인 낙엽 위로, 또 낙엽이 떨어져 내리고 있다
가로등 불이 낮게 기러기 떼처럼 어디론가 날아가는 밤
생울타리 두른 굴참나무 숲에도 흰 낙엽들이 쌓이리
저 천상에서 떨어져 내린 흰 낙엽들, 무릎까지 쌓이면
나는 뽀드득 뽀드득 낙엽을 밟고 프랑시스 잠씨와 함께
새벽의 삼종에서 저녁의 삼종까지 겨울숲을 배회하리

은행잎 이불

산 은행나무 밑에
노란 은행잎이 수북이 쌓여 있다

며칠 전 산책을 다녀오는 길에 보니
저 밑에 다람쥐 집이 있던데……
다람쥐가 뭘 물고 바삐 들어가던데……

올 겨울 다람쥐는 참 따뜻하겠다

꿈꾸는 자연공동체
— 김민휴의 시 세계

이은봉(시인 · 광주대 교수)

　　김민휴의 시에는 조용히 숨어 살며 시를 쓰는 은자(隱者)의 마음이 담겨 있다. 은자적 삶의 보편적 특징이 그렇듯이 그의 시에는 자연과 인간에 대한 그윽한 지혜와 진실이 들어 있어 두루 주목이 된다. 그의 시에서 자연과 함께하는 지혜와 진실은 실로 놀라울 정도이다. 물론 그에게도 자연은 순환하는 질서로 존재하는 것이 사실이다. 이는 그의 이 시집이 자연의 원리에 따라 오방의 형식을 취하고 있는 것만 보더라도 잘 알 수 있다. 오방은 동서남북 및 중앙을 가리키거니와, 이 시집에서는 그것이 〈봄〉〈여름〉〈시를 사랑한 자전거〉〈가을〉〈겨울〉에 대응되어 있음을 알 수 있다. 동서남북 및 중앙을 뜻하는 오방은 흔히 동쪽의 청색, 남쪽은 적색, 서쪽은 흰색, 북쪽은 흑색, 중앙의 황색으로 상징되며, 순환하는 자연의 질서와 함께 한다.

자신의 시를 통해 그가 순환하는 자연의 질서에 깊은 관심을 보여준다는 것은 그의 시정신이 인간 중심의 세계관보다 자연 중심의 세계관에 뿌리내리고 있다는 것을 뜻한다. 물론 자연 중심의 세계관이라고 할 때의 자연이 인간과 다름이 없는 존재, 곧 의인관화된 존재라는 것은 불문가지이다. 이는 그의 시에 등장하는 자연의 사물들이 적극적으로 인성을 부여받고 있는 것만 보더라도 잘 알 수 있다. 따라서 그의 시에서는 자연이 곧 인간, 객체가 곧 주체라고 해야 옳다. 자연과 인간이 결코 분리되어 있지 않은 것이 그의 시라는 얘기이다.

그의 시에서 인간과 자연, 그리고 신은(정신이나 관념까지도) 언어를 매개로 하여 각기 동등한 인격을 부여받는 가운데 상호 뒤얽혀 있어 좀 더 관심을 끈다. 그의 시와 함께하는 모든 존재들이 언어를 통해 상호 교호하고 순환하는 가운데 시원적 공동체를 이루는 까닭이 바로 여기에 있다. 달도, 나비도, 봄바람도, 참새도, 떡갈나무도 인간의 언어로 말하며 인간과 다름없이 생각하고 행동하는 것이 그의 시라는 것이다. 뿐만 아니라 그 자신 역시 사물 일반과 동등하고 공정하게 뒤섞이는 가운데 상생하고 있는 것이 그의 시라고 할 수 있다.

나무들이 한꺼번에 우르르 목욕탕에서 나와 물기를 닦고 있네요
산죽나무 푸른 머리카락에서 물방울이 또르르 흘러내리네요

생강나무 겨드랑이에 난 노란 털은 촉촉하게 젖어 있구요
산벚나무 온몸에 마구 돋은 꽃젖 끝에 맺힌 은방울들이 반
짝여요

시간이 새벽 목욕을 하고 숲으로 나와 물기를 말리고 있어요
때죽나무들은 매끄러운 허벅지에 올리브유를 바르나 봐요
키 큰 떡갈나무 가지 사이 하늘 위에서 누군가 훔쳐보고 있
군요
바람이 나무들 탱글탱글한 맨몸 사이로 휘파람을 불며 걸
어가요

—「새벽 숲」 전문

이 시에서는 나무들이 행위의 주체로 등장해 형상을 만들
고 있다. 삽죽나무, 생강나무, 산벚나무, 때죽나무, 떡갈나
무 등이 그 예이다. 물론 이 시에서 행위의 주체로 등장해
형상을 만드는 것은 나무들만이 아니다. 시간이라는 관념
도, 바람이라는 사물도 나무들과 동등하게 행위의 주체로
등장해 형상을 만들고 있기 때문이다. 물론 의인관화된 나
무들이 행위의 주체로 등장해 형상을 만드는 예는 그간의
시에서도 충분히 보아온 바 있다. 하지만 시간이나 바람 같
은 관념이나 사물이 의인관화되어 행위의 주체로 참여해 시
의 형상을 만들어온 예는 별로 많지 않다. 신(神)이나 정령
(精靈)까지도 행위의 주체로 등장해 형상을 만들고 있는 것
이 이 시이다. "큰 떡갈나무 가지 사이 하늘 위에서 누군가
훔쳐보고 있"다는 등의 구절이 그 예라고 할 수 있다.

　그의 시가 지니고 있는 이러한 특징은 무엇보다 그가 꿈꾸어 온 이상세계, 곧 그 나름의 자연공동체가 어떠한 곳인가를 짐작케 해준다. 이와 관련해 일단 먼저 알 수 있는 것은 그가 꿈꾸어온 자연공동체가 일상의 시간을 훨씬 벗어난 곳에 자리해 있다는 점이다. 그의 시에 드러나 있는 자연공동체의 경우 대부분 시간이 명확하게 구획되어 있지 않은 공간으로 존재해 있기 때문이다. 따라서 그의 시와 함께하고 있는 자연공동체는 과거와 현재와 미래가 신화적으로 뒤얽혀 있는 세계라고 해야 마땅하다. 일상의 물리학적 시간과는 전혀 무관한 공간이 그가 꿈꾸어 온 자연공동체라는 것이다.

　　　수만리 고인돌 묘지엔
　　　해마다 같은 날
　　　벚꽃들이 한꺼번에 흰 불로 타오르네

　　　수만리 멀고 먼 옛날
　　　허리춤에 부싯돌 매달고 다니던,
　　　마고할미의 품에 안겨
　　　풀과 나무와 바람과 흙의 정령이 된
　　　청동시대 청년들

　　　처녀들 데리고 나와
　　　벚나무 가지 끝마다 창문을 내네
　　　창문에 나와

일제히 부싯돌 불 켜네
반짝이네

곁에서 지켜보던 처녀들
흰 웃음소리 저렇게 시끄럽네

가지 끝마다 창문 열어 재낀 벚나무
부싯돌 불,
흰 웃음소리
타오르다 벚꽃 구름 되네

수만리, 아주 오래 된 청동시대 마을!

—「고인돌과 벚꽃」 전문

이 시는 "수만리"라고 하는 "오래 된 청동시대 마을"을 배경으로 하고 있다. "수만리"에는 "먼 옛날" "마고할미의 품에 안겨/풀과 나무와 바람과 흙의 정령이 된/청동시대 청년들"이 살고 있다. "청동시대 청년들"은 지금 "처녀들"을 "데리고 나와/벚나무 가지 끝마다 창문을 내"고 "일제히 부싯돌"로 불을 켜고 있다. "흰 웃음소리"를 통해 공감각화되고 있는 "부싯돌 불"은 이내 "타오르다 벚꽃 구름"으로 전이된다. 벚나무들이 일제히 벚꽃을 피우는 것을 "청동시대 청년들"이 벚나무의 "창문에 나와/일제히 부싯돌 불 켜"는 것으로 상상하고 있는 것이 이 시이다. 따라서 이 시에서의 시간은 물리적인 제약 밖에 존재한다고 할 수

있다. 이 시에서 물리적인 제약 밖에 존재하는 것은 공간도
마찬가지이다.

하지만 이상세계를 향한 그의 꿈이 미래의 문명세계보다
과거의 시원세계를 지향하고 있는 것은 사실이다. 이러한
점에서도 그의 의식내면은 상고(尙古)적 가치를 지향하고 있
다고 해야 옳다. 이는 결국 그의 의식지향이 미래의 문명적
유토피아보다는 과거의 시원적 파라다이스에 기초하고 있
다는 뜻이 된다. 따라서 그의 이상세계에 국가라는 강역이
존재하지 않으리라는 것은 당연하다. 문명세계에 기초한 미
래의 유토피아도 마찬가지지만 시원시계에 기초한 과거의
파라다이스도 국가라는 강역이 존재하지 않으리라는 것은
자명하다. 바로 이러한 점에서도 시간의 초월이 공간의 초
월을 불러오리라는 것은 확실하다.

이러한 점에서 보더라도 시인 김민휴가 꿈꾸는 자연공동
체는 지나칠 정도로 근원적이고 근본적이다. 여기서 근원적
이고 근본적이라고 하는 것은 그가 꿈꾸는 자연공동체가 인
간보다는 자연을 중심으로 하고 있다는 뜻이 된다. 그에게
는 인간이라는 존재가 자연이라는 존재보다 결코 우월하지
않기 때문이다. 그가 꿈꾸는 이상세계에서는 인간보다 떡갈
나무가 좀더 영험할 수도 있다는 것이다. 변화하는 자연의
질서를 감지하는 데는 인간보다 훨씬 빠를 수 있는 것이 자
연이기 때문이다.

　　떡갈나무가 봄이 왔다고 하면
　　이건 봄이 온 거다

구청장이 천구백팔십이 년에
삼백이십 살이라고 했으니
올해 삼백마흔일곱 살인 우리 동네 떡갈나무가
삼백마흔여섯 번이나
왔다간 봄을 똑똑히 기억하는 떡갈나무가
봄이 왔다고 하면
이건 봄이 온 거다

비록 지금은 동서남북으로
남양아파트 삼성아파트 주공아파트에 둘러싸여
들판마을 한가운데 우람하게 떠억 서 있던 때만 못하지만
구청장이 구나무로 지정하셨고
잘못 모시면 큰일 난다고 주의 주셨고
우리 동네에서 가장 나이 많은
떡갈나무가 봄이 왔다고 하면
이건 진짜 봄이 온 거다

떡갈나무 가지 끝마다
대지의 젖물을 불려 유두모양 내밀어놓은
저 연둣빛 상형문자들을 읽어보라

봄봄봄 봄봄봄 봄!

—「떡갈나무의 봄」 전문

이 시의 중심 대상은 떡갈나무이다. 한때는 "들판마을 한 가운데 우람하게 떠억 서 있"었지만 지금은 온갖 "아파트에 둘러싸여" 있는 것이 떡갈나무이다. 따라서 이 시는 무분별한 개발과 그에 따른 산업화, 도시화에 대한 우회적인 비판 및 풍자를 담고 있다고 할 수 있다. 그러나 정작 관심을 기울여야 할 것은 시인이 떡갈나무를 매우 영험한 존재로 받들고 있다는 점이다. 그가 보기에는 "삼백마흔여섯 번이나/ 왔다간 봄을 똑똑히 기억하"고 있는 것이 떡갈나무이기 때문이다. 떡갈나무가 "봄이 왔다고 하면" "봄이 온" 것인 까닭이 바로 여기에 있다.

현대의 인간은 대부분 자연의 질서로부터 아주 멀리 떨어져 살고 있다. 바로 그렇기 때문에 오히려 그는 자연의 질서와 함께 하는 삶에 더욱 관심을 표하고 있는지도 모른다. 그럼에도 불구하고 그가 자연을 인간보다 우위(優位)에 놓고 있는 것으로 보이지는 않는다. 그보다는 자연과 인간이 뒤섞여 혼융하는 세계, 곧 상호 순환하며 공존하는 세계를 지향하고 있는 것이 그라고 해야 마땅하다.

언덕배기 마른 잔디밭에 목련나무가 서 있다
한 그루 하얀 꽃다발,
흰 구름으로 화르르 날아오른다

한 떼의 처녀애들 몰려와
꽃 이파리 만지며 까르르 웃어댄다
목련꽃도 하얀 이 들어내며 웃어댄다

터질 듯한 엉덩이 잔디밭에 문지르며
김밥을 나누어 먹은 뒤
처녀애들 사진을 찍는다, 따끈한 사진 속
흰 꽃다발과 해맑은 얼굴들 뒤범벅되어 웃어댄다

손수건을 개켜 들고 아가씨들 떠난 자리
키 작은 노란 민들레꽃들
도란도란 햇빛 알갱이 점심 먹고 있다

꽃샘바람 한 줄기 휘청 나무 가지 위에 앉는다
파랑새처럼 날아간다
꽃 이파리 하나 수직으로 추락한다

깜짝 놀란 민들레꽃들, 조그만 얼굴로
목련꽃 이파리 곱게 받아준다, 상처 하나 없이!

— 「낮은 꽃」 전문

이 시에 참여하고 있는 존재들 사이에는 아무런 차별이
없다. 목련나무의 "하얀 꽃다발" "한 떼의 처녀애들" "노란
민들레꽃들" "꽃샘바람 한 줄기"가 서로 뒤섞여 혼융을 이
루고 있는 것이 이 시의 세계이다. 이렇게 혼융되어 있는 이
시의 세계에서 인간과 자연이 지니고 있는 맑고 깨끗한 본
성을 발견하기는 별로 어렵지 않다. 인간과 자연이 지니고
있는 선한 본성이 있는 그대로 실현되고 있는 것이 이 시이

기 때문이다. 이 시가 이처럼 무구하고 순수한 세계를 보여주는 것은 그가 추구하고 있는 이러한 정신지향과도 무관하지 않다.

물론 나날의 현실은 시를 통해 그가 추구하는 세상처럼 맑고 깨끗하지만은 않다. 나날의 현실이 그렇지 않기 때문에 어쩌면 그는 인간의 선한 본성이 있는 그대로 실현되는 세상을 꿈꾸고 있는지도 모른다. 약해 보이기만 하면 순식간에 상대방을 업신여기고 짓밟으려고 하는 것이 오늘의 현실이라는 것을 간과해서는 안 된다. 따라서 실제로는 속악의 주체로 살아가는 것이 지금의 인간인지도 모른다. 저 자신만 잘 살기 위해 때로는 아무런 성찰도 없이 "닥치는 대로 제초액을/민들레꽃 노란 얼굴에 마구 뿌"(「민들레 살리기」)려대는 것이 현대의 인간이라는 것이다.

이로 미루어 보더라도 자본주의적 근대사회는 수많은 사건들로 가득 차 있을 수밖에 없다. 물론 이때의 사건은 곧바로 이야기로 전환되기 마련이다. 그의 시가 인간을 포함한 자연공동체의 무수한 이야기를 바탕으로 하고 있는 것도 실제로는 이와 무관하지 않다. 본래 이야기에는 미담도 있고 험담도 있기 마련이다. 따라서 미담을 좋아하는 시인도 있을 수 있고 험담을 좋아하는 시인도 있을 수 있다. 시인 김민휴는 대체로 험담보다는 미담을 좋아하는 듯싶다. 그의 시에는 험담보다는 미담이 중심을 이루고 있기 때문이다. 비판적 자아가 가동되는 험담도 아주 없지는 않지만 말이다.

바다는 이제 이야기꾼이 되어 있다

아버지는 하루 종일 그물 깁는 사람
나는 먼 바다에서 온 물결 세는 아이
조부가 슬그머니 사라져 못 온 곳
농어잡이 배 夏眠하는 포구에
푸르디 푸른 땡볕 쏟아져 고이면
갯바위에 엎혀 있는 콩밭
콩잎이 시드는 팔월
어머니는 그곳 콩밭가 초록집 주인
아버지는 여름 내내 시간 깁는 사람
나는 끝내 철들기 싫은 아이
옥색 치마 걷어 올려 젖가슴에 동여맨
단골네 하루 종일 징 두드리며
산 닭 바닷물에 던져 혼을 불러 건지고
망망한 수평선 너머로
조부의 중선배 파랑새 따라 간 곳
바다는 이제 이야기꾼으로 산다

— 「만호바다」 전문

이 시에서 "바다는 이야기꾼으로" 살고 있다. 하지만 정작 이야기꾼으로 살고 있는 것은 시인 자신이라고 해야 옳다. 이 시 자체가 이미 한 편의 이야기를 압축하고 있기 때문이다. "내 마음의 뒤란 옛이야기 속에/깊은 강 하나 있네"(「들국화 江」)라고 노래하고 있는 것이 이 시라는 것을 잊어서는 안 된다. 이 시에서의 이야기는 과거의 경험, 곧 추억을 재구성한 것이기도 하다. 따라서 이 시를 두고 구체적인 경험과 무관한 비현실적인 환상을 바탕으로 하고 있다고 할 수는 없다. 그럼에도 불구하고 이 시가 그 자신의 이상세계, 곧 낙원의식을 바탕으로 하고 있는 것만은 사실이다. 그것이 비록 과거 지향적 회귀의식을 토대로 하고 있기는 하지만 말이다. 이 시가 고향의 세계 혹은 유년의 세계에 기초해 있는 것도 실제로는 이와 무관하지 않아 보인다.

이야기는 늘 이미지의 뒷받침을 받으며 시의 형상을 이루기 마련이다. 본래 이미지는 꿈이나 의식의 질료이다. 물론 주체의 희망이나 소망을 반영하는 것이 꿈이나 의식이다. 꿈이나 의식의 질료는 비현실적인 이미지를 기초로 하는 경우가 대부분이다. 여기서 말하는 비현실적인 이미지는 당연히 환상적 이미지를 가리킨다. 그의 시와 함께 하고 있는 환상적 이미지는 이처럼 자연공동체로서의 그의 꿈이나 이상을 반영하고 있는 것처럼 보인다. 하지만 그의 시에서 이들 환상적 이미지는 「생일파티」 「빨간 티코의 집」 「은행잎이 지고 별이 빛나는 밤」 「구리종이 있는 학교」 등의 시에서도 알 수 있듯이 신비적이고 신화적인 정서를 만드는 것이 사실이다. 신비적이고 신화적인 정서라는 말에는 동화적이라는 뜻도 포함되어 있다.

신비적이고 신화적인 정서는 환상적 이미지에서만 오는 것이 아니다. 그의 시를 이루는 또 다른 질료인 비현실적 이야기도 신비적이고 신화적인 정서를 만드는 데 충분히 기여하고 있기 때문이다. 다음의 예에서도 알 수 있듯이 그의 시에 참여하고 있는 비현실적 이야기도 환상적 정서, 곧 동화적 정서를 만드는 데 일조하고 있는 것은 확실하다.

한적한 숲길을 가다가
알록제비꽃들을 만났습니다

너희들 나 따라 광주 갈까?
우리 집에 갈까?

아저씨 집이 어딘데요?
광주가 어딘데요?
자주색 제비꽃 한 놈이 대꾸해줍니다

우리 집은 도시야
차도 많고 빌딩도 많고 사람들도 많아
우리 가자
백화점에 가서 예쁜 화분도 사 주고
아파트 발코니에 유리창이 커다란 너희들 방도 따로 줄게
나는 제비꽃들을 꼬드겨봅니다

그럼 아저씨가 사는 도시엔 솔바람도 있어요?
아침이슬도 있어요?
같이 있던 놈들이 물어봅니다

에어컨도 있고 정수기도 있으니 걱정할 거 없어
발코니 창가에서
낮엔 햇볕을 쪼이고 밤엔 휘황한 야경을 봐

너무 좋아할 걸?

그럼 아저씨 동네엔 깜깜한 밤은 없나요?
우린 깜깜한 밤엔 함께 얘기를 해요
달님하고 하기도 하고 별님하고 하기도 해요
별님들은 얘기하다 깜빡깜빡 졸기도 하지요

그런데 아저씬 왜 기침을 하셔요?
앙증맞게 생긴 놈이 걱정스레 묻습니다

으응, 감기가 조금 걸려서
너희들도 감기 걸릴 때 있잖아

―「제비꽃」 부분

　동화적인 분위기를 물씬 풍기는 이 시는 다소간 소극(笑劇)의 느낌을 준다. 인간과 자연, 즉 화자와 알록제비꽃이라는 두 주인공이 상호 대조, 대비되는 가운데 전개되고 있는 것이 여기서 말하는 소극이다. 따라서 화자는 시인 자신으로 기능하기도 하지만 소극의 주인공으로 기능하기도 한다. 알록제비꽃의 경우에도 이는 마찬가지이다. 구체적인 개체로 기능하면서도 자연 일반으로 기능하는 것이 이 시에서의 알록제비꽃이라는 뜻이다.
　물론 이 시에서 서로 대조, 대비되고 있는 화자와 알록제비꽃, 곧 인간과 자연은 매우 아이러니컬한 관계를 이루고 있지만 말이다. 아이러니컬하다는 것은 화자와 알록제비꽃

166

이 이루는 관계의 겉과 속이 각기 다르다는 것이다. 이 시는 바로 그러한 점에서 극적 아이러니를 보여주고 있다고도 할 수 있다. 극적 아이러니는 흔히 낭만적 아이러니라고도 하거니와, 한국의 현대시사에서는 쉽게 찾아보기 힘든 것이 그것이다. 바로 이러한 점만으로도 위의 시는 일정한 의미를 갖는다. 「청봉공원」「죽은 전남대사대부고 앞 나무들에게」「그 시간은 불안이다」「코딱지풀 꽃」 등의 시들도 낭만적 아이러니와 함께 하고 있는 대표적인 예라고 할 수 있다. 물론 이들 아이러니의 시들은 고도로 정제된 지성의 산물이라고 해야 마땅하다. 청자나 독자, 시적 대상 등에 대해 일정한 거리를 확보하지 않고서는 이를 수 없는 것이 고도로 정제된 지성의 경지이다. 자본주의적 근대의 비속하고 천박한 삶에 대해 비판적인 거리를 갖고 있지 않고서는 결코 도달할 수 없는 것이 예의 아이러니의 시이기 때문이다.

그의 시가 낭만적 정서를 담고 있다는 것은 이늘 아이러니와 무관한 시를 통해서도 익히 확인이 된다. 특히 「장미문양을 한 양산」「놓는다」「兒夢, 꿈꾸다」「비둘기 집」 등의 시는 환유적 발상에 기초해 있는 낭만적 경향을 지니고 있어 두루 관심을 끈다. 이들 시가 지니고 있는 낭만적 경향은 워즈워드의 『서정담시집』에서 볼 수 있는 것처럼 매우 건강한 정서를 바탕으로 하고 있어 더욱 주목이 된다. 이와 관련해 생각하면 그의 시로부터 정작 연상되는 것은 프랑스의 농촌 시인 프란시스 잠인지도 모른다. 평생 이베리아 반도의 피레네 산맥 속 두메산골에서 살면서 파리에는 두어 번 나들이를 갔던 적밖에 없는 것이 프란시스 잠이다. 프란시스 잠의 시처럼 순수하고 무구한 느낌, 소박하면서도 순진한 신선감, 나아가 신화적 신비감을 불러일으키는 것이 김민휴의 시라는 뜻이다.

물론 그의 시는 프랜시스 잠의 시와는 많이 다르다. 이는 우선 적절한 지성을 토대로 하고 있으면서도 아이러니의 기법을 십분 활용하고 있다는 점에 의해서도 확인이 된다. 본래 아이러니는 겉과 속을 달리 말하며 상대방을 눙치는 화법, 곧 능청을 떠는 화법과 깊이 관련되어 있다. 능청을 전통적인 말로 바꾸면 내숭인데, 내숭이야말로 겉말과 속말을 달리 표현하는 화법이라는 것을 기억하지 않으면 안 된다. 위의 시에서는 화자의 말과 알록제비꽃의 말이 끊임없이 대조, 비교되면서도 묘하게 어긋나 있어 두루 관심을 끈다. 순수하고 무구한 어린아이의 탈을 쓰고 있는 알록제비꽃의 말이 속말이라면, 온갖 질병과 함께 하고 있는 어른의 탈을 쓰고 있는 화자의 말은 겉말이라고 할 수 있다. 시인 김민휴로서는 어린아이처럼 순수하고 무구한 알록제비꽃의 속말을 화자인 근대적 인간이 무심코 하는 겉말과 비교, 대조시키는 가운데 오늘의 문명이 지니고 있는 허구성을 폭로하고 있는 것이다.

능청이나 내숭은 아이러니로 기능하지 못할 경우 일종의 해학으로 기능하기도 한다. 청자나 독자, 시적 대상에 대한 미적 거리를 전제로 하고 있다는 점에서 생각하면 능청이나 내숭이 일종의 해학으로 기능하는 것은 너무도 당연한 일이다. 「셋째누님네 코끼리」 「시를 사랑한 자전거 1」 「면민 축구대회」 등에서도 알 수 있듯이 그의 시에서 능청이나 내숭은 독자로 하여금 쿡, 하고 웃음이 나오게 하는 것이 사실이다. 독자를 재미있게 한다는 것인데, 이는 기발한 발상에서 비롯되는 어이없음 혹은 엉뚱함과도 무관하지 않다.

그럼에도 불구하고 그의 시에 드러나 있는 자본주의적 근대에 대한 시각은 다분히 부정적이다. 아마도 이는 자본주의적 근대를 그가 늘 극복의 대상으로 생각하고 있기 때문으로 보인다. 물론 그가 이렇게 생각하는 것은 자본주의적 근대의 삶이 항상 자연의 질서를 형편없이 파괴하고 있는 데서 비롯된다. "목련꽃이 여름에 피지 않는 것은 제 분수를 알기 때문이"(「목련잎」)라고 생각하는 것이 그라는 것을 간과해서는 안 된다. 자연의 질서와 함께 하려면 시원의 삶을 사는 수밖에 없는지도 모른다. 시원의 삶은 신화적 삶을 뜻하고, 신화적 삶은 주술적 삶을 뜻하거니와, 이들 삶에서는 인간과 자연과 신이 언어를 통해 아무런 구별 없이 상호 혼융을 이루며 살고 있다는 것을 잊어서는 안 된다. 「봉앙시꽃」 「앉은뱅이책상」 등의 시에서도 알 수 있듯이 이들 삶에서는 다른 어떤 존재들과도 뒤섞여 살며 순환하고 교호하는 것이 인간이라는 것이다. 이른바 의인관적 세계관이 작동하는 이들 삶에서는 물도, 바람도, 꽃도, 책상도, 집도 사람과 똑같이 말하고 행동하며 공동체에 참여하고 있다는 것을 유의할 필요가 있다.

그가 시를 통해 꿈꾸는 자연공동체는 "예수님도 아직 안 와본, 교회도 없는 마을"이지만 충분히 고요하고 거룩한 곳이다. 새 생명이 태어나면 이때의 고요하고 거룩한 마을에서는 당연히 "중천을 구르던 달"(「시를 사랑한 자전거 2」)

님까지도 환하게 웃으며 축복을 해 주기 마련이다. 그가 이러한 자연공동체를 꿈꾸는 이유는 비교적 간단하다. 구체적으로 사랑을 현현할 수 있는 공간이 다름 아닌 그곳이기 때문이다. 물론 그가 실현하려고 하는 사랑은 복잡한 계산을 요구하지 않는다. 그것이 언제나 삶의 주변에서 쉽게 찾아볼 수 있는 작고 사소한 것이기 때문이다. 이를테면 이 작고 사소한 사랑이 질료가 되어 그의 시의 맑고 따뜻한 서정을 만들고 있다는 것이다.

그의 시가 동화적이면서도 설화적인 분위기를 갖는 것도 얼마간은 이에서 비롯된다. "노란 달맞이꽃들이/볼에 물방울 점을 달고 피어"(「사소한 사랑」) 있는 것이 그의 시라는 점을 알 필요가 있다. 충만한 서정에 기반하고 있는 그의 시는 아직도 들로, 산으로, 숲으로, 자연으로 가고 있어 더욱 독자들의 관심을 끈다. 그의 시가 새로운 서정을 만드는 데 거듭 기여하고 있는 것도 기본적으로는 이와 무관하지 않다. 무엇보다 이는 시인 김민휴가 사랑이 넘치는 사람, 인정이 넘치는 사람이라는 것을 의미한다. 이를테면 "나이 들어간다고 사랑하지 말라는 법 있는가"(「사랑으로」)라고 늘 반문하는 것이 그라는 것이다. "사랑하지 않기로 통음하고" 나서도 이내 "다시 사랑"(「달콤한 실패」)을 시작하는 것이 그라는 것이다. 이처럼 풍부한 감정을 지니고 있는 그와 그의 시를 우리가 어찌 좋아하지 않을 수 있겠는가.